KAROLIN ZIEGLER

Bellende Socken und muhende Unterhosen

KAROLIN ZIEGLER

Bellende Socken
und muhende Unterhosen

Vom (Über-) Leben als Familie mit
Tochter und Zwillingsjungen
auf tiefstem Lande

FSC
www.fsc.org
MIX
Papier aus verantwortungsvollen Quellen
Paper from responsible sources
FSC® C105338

Dieser Titel ist auch als E-Book erschienen.

Originalausgabe

Herstellung und Verlag: BoD – Books on Demand
Umschlaggestaltung: BoD – Books on Demand
Umschlagmotiv: Karolin Ziegler
Autorenfoto: Karolin Ziegler
Satz und Layout: Karolin Ziegler

Printed in Germany
ISBN 978-3-8482-0854-8

Bibliografische Information der Deutschen Nationalbibliothek:
Die Deutsche Nationalbibliothek verzeichnet diese Publikation in der Deutschen Nationalbibliografie; detaillierte bibliografische Daten sind im Internet über http://dnb.d-nb.de abrufbar.

Für meine Kinder
Sophia Kristin („Krissi“), Niklas Benedikt („Ben“)
und Valentin Elias („Eli“)
Ihr macht mein Leben so wundervoll farbig. Ich kann mir gar nicht mehr vorstellen, jemals ohne euch gelebt zu haben.

Für meinen Mann
Josef („Joe“)
In ewiger Liebe und unerschöpflicher Dankbarkeit dafür, dass du dein wertvolles Leben mit mir teilst und immer für mich da bist.

Ähnlichkeiten mit lebenden Personen sind nicht immer zufällig, sondern teilweise gewollt. Manche Dinge sind frei erfunden, die meisten jedoch haben sich genau so zugetragen.

Ein paar Worte zuvor

Gestatten: Ich bin ein Landei. Mit diesem Stempel versehen bin ich durch meine gesamte Schulzeit am Gymnasium gegangen, und das waren immerhin neun Jahre. Das Gymnasium befand sich in der Stadt und Buskinder, die lange und teils umständliche Wege bis zur Schule zurück legen mussten, waren automatisch Landeier.

Ich habe weder vor noch nach meiner Schulzeit, also noch nie, in einer Stadt gelebt. Aufgewachsen bin ich in einem Dorf namens Goldingen (der Name trügt, durch das Wort Gold ist das Dorf irrtümlicherweise mit Reichtum und Glamour behaftet), das die stolze Einwohnerzahl von 2000 (!) erreicht hat und ein kleines Lebensmittelgeschäft, eine Post, eine Bank, einen Kindergarten und eine Schule sein eigen nennen kann. Jeder kennt jeden.
Ich, mittlerweile 36 Jahre (alt), Lehrerin, bin dort in einer liebevollen und zugleich strengen Familie zusammen mit meiner jüngeren Schwester groß geworden. Von klein auf erfuhr ich, dass es auf dem Dorf vermeintlich wichtig ist, wie man sich nach außen hin verkauft und was die Leute über einen denken. Nahezu nichts geschieht unbemerkt, Buschtrommeln sind fast schon am Qualmen, so dass sie gleichzeitig zum Erstellen von Rauchzeichen genutzt werden können. Beispiel: Man muss sich im Klaren darüber sein, dass der Kauf eines anderen oder gar nagelneuen Autos oder das Tragen eines etwas gewagteren Kleidungsstückes dazu führen kann, nein: wird, dass man am Stammtisch der Dorfgemeinde oder

im Lebensmittelladen in der Ortsmitte zum Gesprächsthema wird. Mit großer Anteilnahme zerbrechen sich die Leute ihre Köpfe darüber, ob die betreffende Person sich den nach außen hin sichtbaren Luxusartikel überhaupt leisten kann oder diesen grundsätzlich überhaupt braucht. Es ist dann zusätzlich meist noch so, dass irgendjemand den Autoneubesitzer einige Tage zuvor ganz zufällig auf der örtlichen Bank (so es denn eine gibt) gesehen haben mag. Ganz sicher wurde dort ein Kredit für das Auto aufgenommen. Was soll der auch sonst auf der Bank gewollt haben?

Überangepasste Menschen können in einem solchen Dorf ein vollkommen bequemes und ruhiges Leben führen, denn genau solche Leute passen in das Bild. Sobald man auf irgendeine Weise, sei es optisch oder wegen eines anderen Lebensstils, aus der Reihe fällt, hat man schlechte Karten, denn man wird aus der Dorfgemeinschaft ausgeschlossen. In diesen Kreis wieder aufgenommen zu werden, schaffen die allerwenigsten.

Ich war also aus Goldingen einiges gewohnt. Aber es kam noch extremer:

Ich lernte meinen Mann und somit Kuhbach kennen.

Um die tiefe Bedeutung dieses Satzes verstehen zu können, ist es wichtig, dass ich Ihnen eine kurze Erklärung gebe.

Kuhbach ist ein Dorf, das auf keiner Landkarte auftaucht, weil es schlichtweg zu klein ist, als dass es in einer Kartenlegende eine Zuordnung fände. Es liegt in einer malerischen, oberschwäbischen Landschaft, die Postkarten ziert. Die Gegend hier ist vorwiegend katholisch geprägt und die Kuhbacher legen zumeist großen Wert auf die Einhaltung der entsprechenden Traditionen. Der sonntägliche Kirchgang ist für viele ein

Muss. Dabei geht es den wenigsten um die Erfüllung im Glauben sondern vielmehr nur darum, gesehen zu werden und zu sehen: Den neuen Hut der Brunhilde Hauptmaier. Ob die Luise Hubert den Mantel vom letzten und vorletzten Jahr in diesem Herbst wieder tragen wird?

Hier gibt es 295 Einwohner. Also Menschen. In Worten: zweihundertfünfundneunzig. Diese Zahl verändert sich fast ausschließlich durch Ereignisse wie Geburt und Tod oder Flucht, denn Zuzüge gibt es nur äußerst selten. Dazu kommen 13 Hunde, 26 Katzen, 359 Kühe, 15 Pferde, 78 Hühner, 9 Enten, 11 Schafe, 38 Schweine und unzählige Fliegen und Stechmücken. Eine Kirche, ein Rathaus, eine Bushaltestelle, ein - ? Stopp, das war's. Niente. Nada. Rien. Nothing. Nichts weiter. Keine Bäckerei. Kein noch so kleines Lebensmittelgeschäft, geschweige denn eine Apotheke, einen Friseur, eine Drogerie, eine Metzgerei, einen Arzt, einen Kindergarten oder gar eine Schule. Fuchs und Hase sagen sich gute Nacht genau an der Stelle, an der der Hund begraben ist. Goldingen hatte im Vergleich zu Kuhbach fast schon Großstadtqualität.

Es gibt hier jedoch Leni, das wandelnde Gemeindeblatt. Positiv ausgedrückt könnte man sagen, dass sie sich aktiv um ihre Mitmenschen sorgt indem sie sie genau beobachtet. Leni ist Mitte 50, hat 3 erwachsene Kinder (alle schon sehr früh ausgezogen), einen Mann (den ich bemitleide), Damenbart (den sie nicht rasiert) und viel Zeit (die sie nutzt, um sich und andere zu informieren...). Sie ist zu jeder Tageszeit im Dorf anzutreffen, es wäre ja schließlich undenkbar, dass sie irgendein Geschehen nicht live miterlebte. Dabei passiert hier in Kuhbach in der Regel nicht wirklich etwas, das bewegend wäre. Mit viel Fantasie und Engagement schmückt sie ihre

Beobachtungen aus und teilt diese mit ihren *Kolleginnen*: „Hast du das schon gehört?“ oder: „Ich hab`s ja schon lange geahnt, dass...“ Und wie es so ist, entstehen auf diese Weise die kuriosesten Gerüchte und Geschichten. Sollte sich aus irgendwelchen Gründen ein Auto mit fremdem Kennzeichen nach Kuhbach verirrt haben, fällt ihr das sofort auf und Leni trägt fein säuberlich die Buchstaben und Zahlen des Autoschildes in eine Liste ein. Man weiß nie, wozu man diese Daten eines Tages wird brauchen können. Jedes kleine Nest hat seine Leni. Kuhbach hat sogar mehrere, sie tragen verschiedene Namen. Und das ist schon der einzige größere Unterschied zwischen diesen Personen.

Inkognito. Oder: Eindrücke der Dorfidylle

Joe und ich wollten unsere frische Beziehung und unser Verliebtsein in der ersten Zeit mit niemandem teilen. Joe war eben erst von seiner ersten Frau geschieden worden und die „Neue", also ich, hätte der Begutachtung der Kuhbacher unweigerlich standhalten müssen. Und genau dies wollten wir noch nicht. Eigentlich auch zu keinem späteren Zeitpunkt, aber das gehört zum Leben auf dem Land wohl mit dazu. Gardinen und Vorhänge wären bei meiner ersten öffentlichen Fahrt nach Kuhbach zum störenden Hindernis für so manchen nachbarschaftlichen Blick geworden.

Aber der Tag kam. DER Tag, auf den ich schon so lange wartete. Ich würde Joes Zuhause kennen lernen und somit den ersten Schritt in das Dorf Kuhbach setzen.

Bisher trafen wir uns immer bei mir in Goldingen, das liegt 45 km von Kuhbach entfernt und bietet etwas mehr Anonymität. Oder wir unternahmen Wochenendtrips in größere Städte Deutschlands, um einfach einmal ein ganz normales Liebespaar zu sein, das auch in der Öffentlichkeit händchenhaltend durch die Straßen schlendern konnte.

So kurios es klingt, beschlossen wir, mich nach Kuhbach zu schmuggeln. Es wurde zu einer richtig freudebringenden Herausforderung für uns, Pläne zu schmieden, wie wir die Bewohner Kuhbachs diesbezüglich an der Nase herum führen konnten.

Der Tag X. Joe holte mich ab – am Parkplatz des Friedhofes der nächsten Stadt (naja, sind 6000 Einwohner eine Stadt? Wohl eher nicht…). Dort fiel mein Auto nicht auf, denn dieser Parkplatz ist einer der größten dort – mit 15 Parkbuchten!

Nach einer kurzen Begrüßung, falls uns doch wer sah…, stiegen wir in Joes Wagen ein und fuhren Richtung Kuhbach.
Kurz vor Kuhbach nahm Joe eine Decke vom Rücksitz und ich kauerte mich, so klein ich konnte, im Fußraum des Autos zusammen. Mit klopfendem Herzen, als hätten wir etwas Verbotenes getan, fuhren wir in diesem Zustand, ungesehen (!!), in Joes Garage ein.
In einem solch kleinen Dorf muss man ungewöhnliche Wege gehen.
Einige Wochen und heimliche Besuche später gaben wir unsere Geheimniskrämerei auf und ich ging nach draußen in Joes Garten. Ein direkt angrenzender Nachbar erblickte mich sofort und rief unüberhörbar seiner Frau zu: „Fränzi, komm schnell!! Die neue Nachbarin ist da!" Sie stürmte aus dem Haus, reckte sich, drehte ihren Kopf hin und her, nur um mich zu finden. Ich grüßte sie mit einem freundlichen „Hallo!" und der entsprechenden Handbewegung. Mit einem „Sie winkt! Fränzi, sie winkt!" nickten sie mir zu und verschwanden im Haus. Diese Neuigkeit musste nun ja schließlich unter die Leute gebracht werden.
Ein Jahr später zog ich zu Joe nach Kuhbach.
Wir beide sind katholisch erzogen und uns ist Religion sehr wichtig. So besuchten wir in Kuhbach regelmäßig die sonntägliche Heilige Messe. Selbstverständlich ging ich auch alleine in die Kirche, wenn Joe aus beruflichen Gründen anderweitige Verpflichtungen hatte. Früher war es üblich, dass Frauen links des Kirchganges und Männer rechts saßen. Schon anfangs ernteten wir missbilligende

Blicke, als ich mich zusammen mit Joe auf die rechte Seite setzte. So wählte ich auch ohne Joe an jenem Sonntag im Mai eine mit nur einer Person belegte Kirchenbank auf der „Herrenseite“ aus. Postwendend schickte mich der dort sitzende Platzhirsch mit rauen, röhrenden Worten und eindeutigen Gesten weg! Erschrocken ob dieser völlig unerwarteten Reaktion dieses Ureinwohners verließ ich nicht nur diese Bank sondern auch die Kirche.

Trotz dieser ländlichen Eigenheiten liebe ich das Leben hier. Die Kinder haben viel Platz, um sich austoben zu können und sie haben ihren eigenen Spielplatz bei uns im Garten. Der Umgang mit Kühen, Schafen, Ziegen, Hühnern usw. ist von klein auf Alltag. Wir sind umgeben von sattem Grün und weitläufiger Landschaft, auf einem Hügel gelegen, mit einem wundervollen Blick auf die Schönheit Oberschwabens. Das würde ich nie aufgeben wollen. Und es gibt hier auch liebe und hilfsbereite Menschen, denn die mangelnde, städtische Anonymität hat ja auch ihr Gutes: Man fühlt sich für die Mitmenschen mitverantwortlich. So ist es selbstverständlich, dass bei Krankheit der eine für den anderen die Einkäufe erledigt oder dass man die handwerklichen Fähigkeiten des Nachbarn in Anspruch nehmen kann und man selbst dann im Gegenzug gerne mal einen Korb Äpfel aus dem eigenen Garten an die Haustüre des Nachbarn stellt.

So ist Kuhbach. Und hier lebten Joe und ich mit mittlerweile einer Tochter, Krissi, 1,5 Jahre alt, als unser Leben völlig auf den Kopf gestellt wurde.

Doppelpack. Oder: Kind Nummer 2 sind Zwillinge

Wäre meine erste Schwangerschaft so verlaufen wie meine zweite, wäre es ganz sicher bei der einen geblieben und Ben und Eli hätte es niemals gegeben, nicht einmal in Gedanken. Die Schwangerschaft mit Krissi hingegen verlief traumhaft.

Joe und ich erfuhren erst in der 9. Schwangerschaftswoche von unserem doppelten Glück, um es positiv zu formulieren. Genau genommen stellte ich selbst fest, dass da auf dem Monitor des Ultraschallgerätes ein zweites Herzchen schlägt. „Das dort ist das Herz.“, teilte uns mein Frauenarzt freudig mit. Ich kniff mehrfach meine Augen zu, um meine vermeintliche, exakt in dem Moment aufgetauchte Sehstörung abzuwenden – es gelang mir nicht, deshalb wagte ich zu fragen: „Welches der beiden pochenden Punkte denn? Da sind doch zwei!!“, rief ich ihm entgegen. Stille. Nichts. Joe wurde ganz blass. Er sagte keinen Ton. „Welches ist das Herz? Oder sehe ich doppelt?“, wiederholte ich mich, leicht ungeduldig werdend und immer wieder meine Augen zukneifend und ganz vorsichtig wieder öffnend. Mein Arzt drehte den Schallkopf hin und her und vor und zurück. Die Zeit schien still zu stehen. „Sie haben Recht! Herzlichen Glückwunsch, Sie erwarten Zwillinge!“, sprach's und verschwand nach draußen, um sämtliche Arzthelferinnen mitzubringen und ihnen zu zeigen, wie denn Zwillinge via Ultraschall aussehen. Joe saß nach wie vor mit farblosem Gesicht neben meiner Liege. Er räusperte sich: „Gehen wir heute Abend essen? Das müssen wir feiern!“

Ich liebe ihn noch immer für seine rührende Reaktion. Ich konnte in dem Moment nicht an essen denken. Zwillinge. Zwei. Doppelt. Hilfe. HIIILFEE! Ja, die brauchten wir wirklich.

Es ging mir immer wieder durch den Kopf: „Sie bekommen Zwillinge." Sie. (Wir!!!) Bekommen („Eins kaufen, das Zweite gibt's gratis dazu"). Zwillinge. Wie soll das werden? Wie eine Irre suchte ich im Internet nach Ratgeberbüchern und wurde schnell fündig. Ich hoffte, dass sie mir Antworten geben werden, denn ich fühlte mich schon jetzt überfordert. Wie wird das aussehen, wenn die Zwillis da sein werden? Werde ich jeweils ein Kind an jeder Brust haben? Was mache ich mit Krissi in der Zeit, in der ich die Kleinen stille oder bade oder wickle oder…? Sie wird zum Zeitpunkt der Geburt noch keine 2 Jahre alt sein!
Wir brauchten nicht nur einen neuen Kinderwagen, sondern, stellten wir mit Schrecken fest, auch ein anderes Auto. Drei Kinder im Cabrio geht beim besten Willen nicht.
Die beiden stellten schon jetzt unser Leben auf den Kopf. So war der Wechsel von meinem sportlichen Wagen zur klassischen Familienkutsche mit riesigem Stauraum und herausnehmbaren Sitzen die erste nach außen hin sichtbare Aktion für das bevorstehende Ereignis.
Ein Kuhbacher sprach mich direkt darauf an: „Wozu braucht ihr denn sooo ein großes Auto?"
„Das Glück kommt selten allein." Damit musste er sich in diesem Augenblick begnügen.

Der Postbote schleppte täglich neue Ratgeber heran. Er wunderte sich auch zusehends über die vielen Pakete, so dass er mir vorschlug, einen Wareneingangsschalter anzubringen. Das Anlieferungsproblem wäre somit gelöst. Antworten auf meine Fragen hingegen fand ich weiterhin nicht.

Unsere Zwillingsjungen Ben und Eli wurden 6 Wochen zu früh geboren. Das klingt auf den ersten Blick sehr bedrohlich. Für uns war es aber eine tolle Sache, wenn man bedenkt, dass die beiden eigentlich schon in der 24. Schwangerschaftswoche, also 4 Monate zu früh, zur Welt kommen wollten, denn ich bekam Wehen. Der Gebärmutterhals war extrem verkürzt, der Muttermund schon geöffnet. Alles deutete auf eine baldige Geburt hin. Durch wochenlanges, flaches Liegen im Krankenhaus und durch medikamentöse Behandlung hielten wir 9 Wochen in diesem Zustand durch. Es hat sich gelohnt, wenn es auch nicht einfach war, denn ich konnte mich in der Zeit nicht aktiv um Krissi kümmern. Die Schwangerschaft forderte mich uneingeschränkt.
Ben war direkt nach der Geburt topfit, Eli musste zwei Wochen auf der Frühchenintensivüberwachung verbringen, dann konnten wir ihn endlich zu uns nach Hause holen.
Krissi war zum Zeitpunkt der Geburt von Ben und Eli 23 Monate alt. Somit haben wir sogenannte Pseudodrillinge, drei Kinder innerhalb von 2 Jahren geboren.

Das Leben als Familie mit Tochter und Zwillingsjungen auf tiefstem Lande

Wie ein bunter Hund. Oder: Bratwürste im Kinderwagen

Hier auf dem Land passt ja jeder auf jeden auf. Freundlich ausgedrückt. Man könnte eher sagen, die Neugier ist relativ groß. Oder die Langeweile. Oder beides. So stürzt man sich regelrecht auf uns, wenn wir unterwegs sind. Sich sehr ähnlich sehende Jungs, immer gleich gekleidet, im Zwillingswagen liegend, rufen die unterschiedlichsten Reaktionen hervor. Es gibt keinen Spaziergang, keinen Besuch auf dem Markt der nächsten Stadt, bei welchem wir nicht angesprochen werden.

Die „besten“ Äußerungen, mit denen wir konfrontiert wurden, habe ich gesammelt:

„Sind die ein- oder zweieiig?" – „Beide sind je zweieiig!" Oder noch besser:

„Sind die einäugig?" – „Ähm, mal durchzählen: 1,2,3,4-äugig!" Oder:

„Die haben Sie aber schnell hintereinander bekommen. Man sieht kaum einen Unterschied." – „Naja, 2 Minuten sind sie auseinander." Oder:

„Zwillinge? Ich würd Amok laufen!" – „Ein Glück, dass sich die Zwillinge die richtigen Eltern ausgesucht haben." Oder:

Ein Kuhbacher vollen Ernstes: „Wie macht man eigentlich Zwillinge?“ Schweigen von meiner Seite. Mein Blick sagte aber alles.

Eine uns völlig fremde Person bezeichnete mich doch tatsächlich als Betrügerin und begründete dies damit, dass mein Mann wohl nur einmal hätte „dürfen“ dürfen und daraus zwei Kinder hervorgegangen wären.

Nach ungefähr 12 an ein und demselben Tag gefragten „Sind das Zwillinge?" sagte ich in erschöpft klingendem Ton: „Nein, Bratwürste!"

Nächtliche Quarktaschen. Oder: Still-Marathon

Ben und Eli sind wenige Wochen alt. Ich hingegen fühle mich in diesen wenigen Wochen wie um Jahre, was sage ich, Jahrzehnte gealtert. Ich will schlafen und darf nicht. Hungrige Zwillinge halten mich davon ab. In einem meiner Ratgeber steht, man solle die Stillpausen nutzen, um Ruhe zu finden. Welche Pausen? Was ist Ruhe?

Unsere Jungs haben regelmäßig nach 2,5 Stunden Hunger. Da ich zu fiesen Milchstaus und Brustentzündungen neige (wer das kennt, weiß, dass das höllisch schmerzt), muss ich mich eisern an einen Ablauf halten, um den Qualen und dem hohen Fieber vorzubeugen. Konkret heißt das: 20-30 Minuten vor dem Stillen muss die Brust mittels Dinkelkissen gewärmt werden (soll den Milchfluss anregen). Da unsere Herren nicht aus der Brust trinken, sondern nur das Fläschchen nehmen, muss ich mit einer monströsen Milchpumpe (erinnert mich an das Melken bei meiner Oma im Kuhstall) mühsam Milliliter für Milliliter abpumpen. Dauert weitere 30 Minuten (Zwischenstand: 1 Stunde). Wenn ich Glück habe, habe ich den Zeitpunkt richtig erwischt und Ben und Eli haben nun Hunger und nicht erst eine dreiviertel Stunde später, denn Muttermilch sollte nicht lange herum stehen. Die beiden brauchen ca. 45 Minuten, um ihr Fläschchen leer zu trinken. Nein, nicht etwa nacheinander ergibt sich diese Zeitdauer, sie ~~nuckeln~~ trinken gleichzeitig. Dazu baue ich eine architektonisch sehr ansehnliche Konstruktion aus diversen sich auf dem Markt befindlichen Stillkissen im Ehebett auf. Fertig. Bäuerchen machen. Im Idealfall weiterschlafen (Zwischenstand: knapp 2 Stunden). Um die Brust zu beruhigen, gehe ich im Halbschlaf zum Kühlschrank und suche nach dem letzten Becher Quark, um daraus ~~nach 30 Minuten fürchterlich stinkende~~ kühlende Quarkwickel zu machen, indem ich diesen in Baumwolltücher streiche und mir auf die Brust lege. Eine halbe Stunde später schmatzt es schon wieder leise aus dem Babybett, in welchem Ben und Eli gemeinsam schlafen. Und dann geht es wieder los… Ich bereite das Dinkelkissen vor…

So geht das Nacht für Nacht und Tag für Tag. Joe würde mir gerne helfen. Doch Krissi schläft zurzeit auch nicht alleine, so dass Joe auf einer Reisematratze bei ihr im Zimmer schläft. Keine Sekunde schaffe ich das weiter, sage ich mir mehrmals täglich. Ich weiß nicht, wo mir der Kopf steht. Außerdem reicht die Milch nicht für zwei. Ich ergänze diese immer mit Pre-Nahrung und wechsle ab: Mal bekommt Ben Muttermilch, mal Eli. Ich werde aufhören, aufhören zu stillen. Es geht nicht mehr. Ich bin am Ende.

Hüftkontrolle. Oder: Doppeltes Andenken

Heute steht die Kontrolle der Hüftstellung bei Ben und Eli an. Bei allen Säuglingen wird das im Alter von wenigen Wochen via Ultraschall durchgeführt, um eventuelle Fehlstellungen korrigieren zu können. Joe hat einen wichtigen, schulischen Termin, Oma passt auf Krissi auf, so fahre ich mit den beiden alleine los. In der Stadt angekommen, mache ich mich mit je einer Babyschale an jedem Arm zu Fuß vom Parkplatz in Richtung Arztpraxis auf. Der Weg zieht sich in die Länge, meine Arme auch. Schweißgebadet komme ich in der Praxis an, mitleidige Blicke treffen mich, aber die Türe hält mir keiner auf. Wieso auch. Nach einer Stunde Wartezeit (ist mit zwei Säuglingen eine Herausforderung) sind wir an der Reihe.

Zunächst wird Ben untersucht, ich nehme ihm die Windel ab. Der Arzt nimmt sich Zeit und untersucht gründlich. Hätte er nur etwas schneller gemacht, denn gerade als er mir sagt, dass bei Ben alles vorbildlich sei, pinkelt dieser in hohem Bogen direkt auf den schönen weißen Arztkittel und färbt ihn von Brust- bis Bauchhöhe schön urin-gelb! Reaktionsschnell packt der Arzt die Windel und hält sie auf den noch immer anhaltenden Strahl. Lächelnd geht er aus dem Zimmer, um sich umzuziehen. Ich ziehe Ben zwischenzeitlich an und Eli aus. Auch bei ihm ist alles in Ordnung, aber er will seinem Bruder in nichts nachstehen und ihn wohl dennoch nicht imitieren, denn sonst würde Eli einfach auch am Ende der Untersuchung pinkeln. Er toppt das vorangegangene Ereignis und macht seinen täglichen Stuhlgang exakt in diesem Moment. Auf die Liege. „Na, euch beide vergesse ich nicht so schnell wieder!“ sagt uns der Orthopäde zum Abschied und ich bin froh, die Praxis verlassen zu können.

Mit dem Zweitwagen durchs Wohnzimmer. Oder: Not macht erfinderisch

Es ist eindeutig, dass unsere Kinder miteinander verwandt sind. Nicht nur, dass sie sich alle sehr ähnlich sehen, nein, sie sind alle Nichtschläfer bzw. sehr nachtaktiv. Weiterhin schläft Krissi nur, wenn Joe bei ihr im Zimmer nächtigt. Ich übernehme die Zwillinge. Immerhin muss ich nicht mehr abpumpen und die damit verbundenen Aktionen nicht mehr machen mitten in der Nacht. Das ist eine riesen Erleichterung. Aber das Schlafen bleibt das zentrale Problem bei uns. Wenn Eli wach wird, schläft er nur dann wieder ein, wenn man ihn im Schlafzimmer herum trägt (und das dauert ungelogen 2 Stunden am Stück) oder zur Not auch, wenn ich ihn im Kinderwagen durch das Wohnzimmer fahre. Ich schaffe es nicht mehr, ihn zwei Stunden zu schleppen, ich bin selbst todmüde. So schiebe ich ihn Nacht für Nacht, irgendwann in der Zeit zwischen 23.30Uhr und 3 Uhr und dann noch mal zwischen 4.30Uhr und 6 Uhr mit dem Kinderwagen hin und her und hin und her und hin und her. Ich habe keine Kraft mehr, kann die Augen kaum offen halten und setze mich deswegen aufs Sofa, um den Kinderwagen mit meinem Fuß ganz leicht vor und zurück zu schieben. Eli merkt das sofort und schreit wie am Spieß! Wie vom Blitz getroffen, schnelle ich vom Sofa hoch und gehe wieder durchs Wohnzimmer. 5 Schritte vor und 5 zurück, 5 vor und 5 zurück. Mit geschlossenen Augen, halb schlafend. 5 vor und 5 zurück. 6 vor und rumms gegen den Schrank. Eli ist wieder hellwach! Oh nein, weiter schieben. Sobald der Kinderwagen zum Stehen kommt, macht Eli die Augen auf. Hat er so einen Magneten eingebaut, wie die Babypuppen, die beim Herausziehen des ebenso magnetischen Schnullers postwendend die Augen aufschlagen? Also weiter. Und weiter.

Was ist das? Da schreit doch wer! Nein! Ben! Auch er ist wach! Ich renne los, lasse den Kinderwagen im Wohnzimmer stehen und hoffe, dass ich schneller bin, als Elis Gespür für schaukelnde Wagen. Bin ich nicht. Auch er schreit. Was mache ich nun? Ben im Arm, Eli im Wagen. Wenn ich beide in den Zwillingswagen lege, schläft mir keiner mehr ein, so unruhig wie die beiden gerade sind. Vor und zurück, vor und zurück. Armwechsel. Vor und zurück, vor und zurück. Da! Das ist die Lösung! Juhu! Krissis Puppenwagen springt mich förmlich an. Während ich Eli kontinuierlich weiter schaukele, etwas unrhythmisch, aber immerhin ohne dass er brüllt, lege ich Ben in den Puppenwagen. Er passt noch gut hinein. Ich stehe zwischen den beiden Wagen, die rechte Hand am Großen, die linke Hand an der Spielzeugkarre. Den einen ziehe ich, den anderen schiebe ich. Und dann umgekehrt. Bis sie irgendwann nach einer weiteren Stunde endlich schlafen. Ich schaffe es nicht mehr ins Bett, sondern falle aufs Sofa. Knappe zwei Stunden später muss ich in die Küche gewandelt sein, um Fläschchen zu machen, denn ich finde mich mit zwei Kindern auf dem Sofa wieder. Ich füttere Ben und Eli gleichzeitig, sie liegen nebeneinander und ich habe zwei mit warmer Babymilch gefüllte Fläschchen in der Hand. Guten Appetit. Oder besser gute Nacht. Morgen kommt die Oma zu uns, damit ich endlich ein bisschen schlafen kann.

Dunkle Augenringe. Oder: Kuhbach bei Nacht

Unsere Nächte haben sich verändert. Leider nicht verbessert. Die Wochen ziehen ins Land und parallel dazu verdunkeln sich Joes und meine Augenringe kontinuierlich. Ich erschrecke wahrlich, wenn ich mich im Spiegel sehe oder wenn mir Joe im Flur begegnet. Sind das wirklich wir? Wir haben fast nichts mehr mit den Fotos gemein, die noch kein halbes Jahr alt sind. Ich bekomme eine leise Ahnung davon, weshalb im Mittelalter Schlafentzug als Foltermethode eingesetzt wurde. Nicht schlafen zu dürfen/können macht Schmerzen, tut unbeschreiblich weh. Die Tage fordern mich als Dreifachmama enorm, die Nächte, die eigentlich der Erholung dienen sollen, noch mehr.

Noch immer schieben wir nachts schlaflose Kinder mit dem Kinderwagen umher. Spuren manifestieren sich schon in den Hochflorteppichen des Wohnzimmers. Doch Eli schläft und schläft nicht ein. Das Fahren in der guten Stube hat ausgedient. Wir müssen seit einigen Tagen raus in die weite Welt, ähm, in die Straßen Kuhbachs, um eventuell Aussicht auf eine Mütze Schlaf zu haben. Dabei habe ich mir geschworen, solche Dinge nie, NIEMALS, anzufangen. Damals hatte ich noch keine Kinder und war immer ausgeschlafen.

Es ist genau 3.32Uhr. Ich schlüpfe in meine Schuhe, packe Eli ein und ziele mit dem Zwillingswagen gekonnt durch die Haustüre nach draußen (links und rechts sind genau je 8mm Spielraum) und breche mit dem weinenden Eli auf in die Nacht Kuhbachs. Kaum sind wir draußen, ist Eli ruhig. Herrlich diese Stille. Ich kann Eltern verstehen, die sich nach stundenlangem, unaufhörlichen Gebrüll ihrer Kinder nach der nächsten Rakete sehnen, die in Richtung Mond startet. In Gedanken reserviere ich 3 Plätze mit Kindersitzen. Wir gehen durch Kuhbach. Ich bin froh, dass ich mich am Schiebegriff des Kinderwagens festhalten kann und dass die Karre durch ihre Größe ein entsprechendes Gewicht hat, so dass ich mich darauf stützen kann, denn es liegt mindestens eine Stunde Wegstrecke vor uns bis Eli tief und fest schlafen wird. Da Kuhbach sehr klein ist, bedeutet das, dass wir mindestens vier Mal durch jede Straße kommen werden, wenn ich langsam gehe. Und schnell zu spazieren ist nicht möglich, weil die Straßenlaternen um 22.15Uhr aus Kostengründen automatisch ausgehen und es nicht einfach ist, sich in der stockfinsteren Nacht mühelos zu orientieren.

Kuhbach schläft nicht. So wie ich. Ohne Eli hätte ich das doch glatt verpasst. Eugen R. sitzt um diese Zeit noch vor dem Fernseher, und ich sehe nackte Damen über den Bildschirm huschen, als ich an seinem Haus vorbei fahre. Verdächtig langsam fährt das Auto von Dieter F. die Straße entlang, bis er vor der ersten Garage parkt. Als er torkelnd aussteigt weiß ich, warum er seinen eigenen Stellplatz nicht gefunden hat. Nachdem ich eine knappe halbe Stunde lang nur zahllosen streunenden Katzen begegnet bin, sehe ich Babette N. (in der Kirche immer ganz weit vorne und nach außen hin sehr fromm) aus dem Haus kommen. Nicht aus ihrem, wohlgemerkt, denn dort ist ja ihr Mann. Nein, sie verlässt ziemlich derangiert das Haus des Ehepaares S., welches eine kleine Firma in der Stadt besitzt. So weit ich weiß, ist Frau S. eine Woche lang auf einem Seminar und Herr S. ist somit Strohwitwer.

Eli schläft. Endlich.

Kuhbach at night – hochinteressant.

Tage wie Kaugummi. Oder: Alltag mit Pseudodrillingen

5.28Uhr: Ben wacht auf und brüllt. Eli wacht kurz danach genau daran auf und schreit sofort mit.

5.32Uhr: Ben will absolut nicht gewickelt werden.

5.42Uhr: Ich bin schweißgebadet, dafür ist Ben angezogen und gewickelt.

5.50Uhr: Das erste Fläschchen des Tages. Herrlich, während die beiden trinken ist Ruhe.

5.51Uhr: Krissi ist aufgewacht und ruft mich zu sich in ihr Zimmer. Ich kann aber im Moment nicht weg, ich füttere zwei Babys.

5.52Uhr: Krissi könnte eigentlich selber zu uns nach unten kommen. Tut es aber nicht sondern wird energischer.

5.53Uhr: Joe hört sie und geht zu ihr nach oben.

5.55Uhr: Ich fühle mich müde, irgendwie krank und komme mir vor, als hätte ich nächtelang durchgemacht. Ach was!?

6.10Uhr: Krissi steht strahlend und von Joe fertig angezogen bei mir im Wohnzimmer. Sie sucht sich noch etwas zum Spielen aus, bevor wir frühstücken.

6.15Uhr: Die Fläschchen sind leer, ich setze Eli auf den Boden. GEBRÜLL! Er mag es gar nicht, wenn man ihn von sich weg irgendwo hin setzt, und sei dieses irgendwohin auch in Sichtweite.

6.15Uhr (immer noch): Ben sitzt auf dem Boden und spielt mit seinem Lieblingsball. Eli brüllt weiterhin. Zeit kann so gemein sein, kann sich ziehen wie Kaugummi. Ich schaue erneut auf die Uhr. Das zweite Mal innerhalb einer Minute. Na prima.

6.19Uhr: Eli hat sich beruhigt und spielt zusammen mit Ben. Ich kann mit Krissi frühstücken, aber sie will jetzt nicht. Jetzt. Nicht. Also trinke ich meinen Kaffee.

6.25Uhr: Was ist denn nun? Ben weint, er will unbedingt das Spielzeug, das Eli gerade hat, dabei hat er genau das gleiche. Er wird lauter, erreicht wahnsinnige Tonhöhen und mir klingeln die Ohren. Während ich beruhigend auf die Zwillinge einrede und die zwei völlig identischen Spielzeuge einfach tausche, möchte Krissi nun doch etwas zum Frühstück. Na gut, wenn jetzt der richtige Augenblick gekommen ist, soll es mir Recht sein.

6.40Uhr: Krissi spielt mit ihrem Puppenwagen. Das Outfit ihrer Puppe scheint aber nicht ihren Wünschen zu entsprechen. Nachdem ich ja schon drei echte Wickelkinder habe, spielt es ja keine Rolle, dass ich die Babypuppe auch noch ausgehfertig anziehe.

7.45Uhr: Ben und Eli haben Hunger. Ich setze sie beide in ihre Hochstühle nebeneinander und füttere den Brei schön abwechselnd, schiebe den Löffel mal rechts, mal links in einen weit geöffneten Babymund. Eli weint, weil er viel lieber selber essen will. Ich überlasse ihm mit einem unguten Gefühl (aber er soll es ja schließlich lernen) den Löffel, der nur wenige Augenblicke später im Vorhang landet (natürlich war er mit Brei gefüllt). Im Gegensatz zu mir lacht er und Ben stimmt mit ein. Ich starre noch immer wie gebannt auf meine bis eben noch schönen, weißen Vorhänge. Krissi meint: „Gelb is viiiiel söööner!“ Na, wenn sie das sagt.

8.50Uhr: Eine halbe Ewigkeit später habe ich gefühlte dreihundertachtundsiebzigtausend Mal eines der drei Kinder auf den Arm bzw. seitlich auf die Hüfte genommen. Ich werde nie wieder behaupten, dass ich keinen Sport mache. Und wenn ich wieder gefragt werde, wie ich nach der Geburt der Zwillinge so schnell mein ursprüngliches Gewicht wieder zurück bekommen habe (bzw. es sogar unterbiete), dann werde ich empfehlen, ein paar Tage Ferien bei uns zu machen, um einen Einblick zu ermöglichen.

9.15Uhr: Zeit für das Morgenschläfchen der Zwillinge. Das Einschlafen dauert eine halbe Stunde. Ich nutze die Zeit, um mit Krissi zu malen.

10.15Uhr: Ben ist wach! Nach nur 30 Minuten! Er weckt Eli, der darüber alles andere als erfreut ist und diesem Zustand durch lautes Geschrei Luft macht. Welch’ gute Laune! Das kann ja heiter werden heute!

10.45Uhr: Ben hat keine Lust, sich wickeln zu lassen. Dabei hält kein Mensch bzw. kein Riechorgan diesen Zustand aus.

Bis 11.45Uhr: Wir spielen alle zusammen. Also, wir versuchen es immer wieder. In dieser einen Stunde habe ich gefühlte siebenundzwanzigtausenddreihundertachtundachtzig Mal „Nein" gesagt: „Nein" zum Herausreißen der Buchseiten, „Nein" zum Versuch, der Schwester ins Ohr zu beißen, „Nein" zum Versuch, die Blumenvase zu erreichen, „Nein" zum Öffnen der Mehltüte, „Nein" zum Untersuchen der Steckdose usw. usw.

12.00Uhr: Mittagessen. Krissi isst Spätzle mit Soße und das mit einer Hingabe, als hätte es das monatelang nicht gegeben bei uns. Dabei isst sie das fast täglich, weil sie sonst nichts mag. Ben verweigert sein Gläschen, er sieht die Spätzle. Kaum hat er sie in seinem Teller, stellt er fest, dass man diese kleinen Teile so herrlich mit den Fingern zerdrücken kann und schmiert damit großflächig den Hochstuhl ein und dekoriert Haare und Ohren gleich mit. Eli findet das nun auch toll. Auch er isst kein Blumenkohl-Gläschen mehr.

12.45Uhr: Ben und Eli haben Hunger. Sie haben ja nicht wirklich viel gegessen. Nun doch das Gläschen.

13.00Uhr: Mittagschlaf. Das Einschlafen klappt gut. Mama-Krissi-Zeit, denn Krissi hat seit sie 2 Jahre alt wurde, den Mittagschlaf eingestellt.

13.44Uhr: Ich glaube, meine Uhr ist kaputt. Eli schreit, er ist wach! Natürlich kann Ben so nicht weiterschlafen. Sie haben heute tagsüber ganze 75 Minuten geschlafen. Ich sollte heute Abend auf eine Geburtstagsfeier gehen. Ich mag nicht. Ich sage ab. Ich will einfach nur schlafen.

15.45Uhr: Wir gehen raus. Nach einer Dreiviertelstunde sind alle ausgehfertig. Ben und Eli im Kinderwagen, Krissi auf dem Brett mit Rädern, das man praktischerweise am Wagen festmachen kann. Ich überschlage grob das Gewicht, das ich da vor mir herschiebe. Der Kinderwagen allein wiegt schon 11kg. Ich komme auf ca. 33kg. Wir wohnen an einem Berg, dessen Steigung 16% beträgt. Soll ich bergabwärts? Dann muss ich auf dem Rückweg wieder hoch. Also, lieber zuerst nach oben.

15.57Uhr: Auch das noch! Ein Rad des Zwillingswagens macht sich selbstständig und wählt den direkten und schnellsten Weg den Berg hinunter, gerade als wir ganz oben ankommen. Wir folgen dem Rad, ich hebe dabei die rechte Seite des Kinderwagens an, um das nicht vorhandene Rad auszugleichen. Gleichzeitig hänge ich mit dem Körper nach hinten, um das Gefährt zu bremsen. Ich bitte Krissi, vom Brett abzusteigen und selbst zu gehen. Eine Anwohnerin stellt fest und teilt mir mit, dass so ein kullerndes Rad ganz schön schnell werden kann. Ach was…

16.01Uhr: Wir sind unten, ich stecke das Rad provisorisch auf die Achse und setze mich erst mal in die Wiese, in welcher ich das flüchtige Objekt gefunden hatte. Einatmen – ausatmen. Einatmen – ausatmen. Nicht zu lange hinsetzen, sonst schlafe ich hier augenblicklich ein.

16.05Uhr: Meine Rettung! Joe kommt von der Schule heim und übernimmt die Heimfahrt mit dem Kinderwagenwrack. Ich gehe mit Krissi voraus und freue mich auf eine Tasse Kaffee.

16.06Uhr: Eine andere Mama aus Kuhbach (sie hat nur ein Kind) spricht mich an und klagt mir ihr Leid über den Stress, den sie als Mama hat. Viel sage ich nicht, ich will einfach nur heim.

16.30Uhr: Das Telefon klingelt. Oma fragt, ob sie uns helfen kann und bietet an, heute bei uns zu übernachten und die Zwillinge heute Nacht zu übernehmen. Halluziniere ich? Heißt das, dass ich schlafen darf? Ich werde heute Nacht nicht mit dem Kinderwagen durch Kuhbach ziehen? Meine Lebensgeister kehren schon allein durch diese Aussichten zurück.

18.00Uhr: Abendessen. Alle essen, sogar ohne Überschwemmungen auf dem Tisch und ohne Leberwurst hinter den Ohren.

18.45Uhr: Krissi will sich nur von Papa die Zähne putzen lassen.

19.00Uhr: Krissi schläft. Ben brabbelt in seinem Bett vor sich hin. Eli schläft nur im Kinderwagen ein. Das kann dauern. Dass die Kinder tagsüber nicht viel geschlafen haben, heißt nicht automatisch, dass sie den Schlaf in der folgenden Nacht nachholen werden. Ganz im Gegenteil.

19.30Uhr: Meine Mama kommt und übernimmt das Schaukeln des Kinderwagens. Joe begibt sich ins Arbeitszimmer und bereitet den Unterricht für morgen vor.

20.15Uhr: Die Nachrichten im TV bekomme ich gerade noch so mit. Dann muss ich eingeschlafen sein, denn vom Wetterbericht weiß ich nichts mehr, geschweige denn von dem Film, den ich mir so gerne angeschaut hätte.

22.30Uhr: Ich wache auf, Rücken und Beine schmerzen, das Sofa ist doch nicht die ideale Schlafstätte für mich, auch wenn ich behaupte, derzeit an allen möglichen Orten, stehend oder liegend, schlafen zu können.

22.45Uhr: Ich gehe, wie jeden Abend, zu den Kindern und decke sie noch einmal richtig zu. Engelsgleich und selig schlafend liegen sie da und der anstrengende Marathon des Tages (eine 40h-Woche wird zu einer lächerlichen Kleinigkeit) ist mit diesem Anblick vergessen. Ich bin fasziniert vom Wunder Leben. Und ich freue mich schon jetzt, wenn Krissi, Ben und Eli mir morgen Früh ihr Lächeln schenken werden.

22.55Uhr: Ich gehe schlafen, in wenigen Stunden beginnt ein neuer Tag.

Rollentausch. Oder: Christbaum im Laufstall

Ben und Eli sind 1,5 Jahre alt und von morgens bis abends auf einer einzigen Entdeckungsreise. Sie nutzen ihre doppelte Mobilität gerne aus, denn sie wissen ganz genau, dass die Mama nur einem hinterher flitzen kann. Und in genau der Zeit kann der andere sein Vorhaben zur Vollendung bringen. Ich muss ehrlich gestehen, wir haben nicht alles weggeräumt und in abschließbare Schränke verstaut, denn schließlich sollen die Kinder ja auch lernen, ein „Nein“ zu akzeptieren. Manchmal jedoch wünsche ich mir, genau dies getan zu haben. So erwische ich Ben dabei, wie er gerade dabei ist, meinen Lieblingslippenstift auf den Badezimmerfliesen auszuprobieren, auf denen er zuvor meine Tagescreme mehr oder weniger gleichmäßig verteilt hat. Während ich diese Spuren kindlicher Kreativität von den Wänden wische und aus Bens Haaren entferne, hat Eli alle Zeit und Ruhe der Welt, in der Küche zu werkeln. Als ich zurückkomme, hat er Soßenpackungen mit seinen spitzigen Zähnchen aufgebissen und das Pulver auf dem Boden verteilt. Mit seinen Patschhändchen vermischt er dies mit der Milch, die ich mir kurz zuvor für meinen Kaffee bereit gestellt hatte.

Weihnachten steht an und somit auch die Standortfrage für den Weihnachtsbaum.

„Wir stellen am besten gar keinen Baum auf. Keine Christbaumkugel und kein Stern wird das hier überleben.“, meint Joe und wir suchen fieberhaft nach einer Lösung, weil wir eben am liebsten doch einen Christbaum im Wohnzimmer hätten.

„Ich habe DIE Idee!!“, rufe ich und beginne auch sofort mit der Umsetzung: Ich räume den Laufstall aus, denn genau dort wird das Zuhause des Baumes für die nächsten 2-3 Wochen sein.

Sämtlicher Besuch, den wir in diesem Jahr in der Weihnachtszeit hatten, schaute etwas befremdlich unsere zugegeben ungewöhnliche Anordnung an. Aber der Laufstall erfüllte seinen Zweck vorbildlich.

Ben und Eli standen außerhalb des Laufstalles und blickten ehrfürchtig auf den neuen Bewohner. Da sie den Laufstall ohnehin nie wirklich gerne in Gebrauch hatten, waren sie genauso angetan wie wir. Die Idee ist natürlich gerne zur Nachahmung frei gegeben.

Viehhaltung. Oder: Kinder hinter Gittern

Wir sind viel draußen, egal wie das Wetter ist, aber natürlich am liebsten bei strahlendem Sonnenschein. Hier auf dem Land ist alles sehr weitläufig, d.h. man kann in diverse Richtungen gehen, ohne auf irgendwelche größeren Hindernisse zu stoßen. Das Problem dabei ist, dass genau das auch von Krissi, Ben und Eli erkannt wurde. Kaum sind wir draußen, geht die Entdeckungsreise los. Krissi möchte gerne mit ihrem Dreirad auf der Hofeinfahrt fahren. Ben rast los in Richtung Straße (schnell hinterher!!) und Eli interessiert sich für die Hühner des Nachbarn. Ich sollte schon lange Unkraut jäten, was mir aber nicht möglich ist, weil ich ja ständig unterwegs bin um die Kinder bei Bedarf wieder einzufangen. Die drei laufen ja grundsätzlich dann in drei verschiedene Richtungen, wenn nur ein Elternteil anwesend ist. Auch hier muss eine Lösung her: Ein Laufstall für draußen, man könnte auch Weidezaun dazu sagen, naja, zumindest soll es den gleichen Zweck erfüllen. So zäunen wir kurzerhand eine große Rasenfläche ein, in der sich die Kinder sicher bewegen können. Mit dieser Konstruktion ernten wir natürlich umgehend (ungebetene) Rückmeldungen. „Kinder muss man erziehen, nicht einsperren!“ meinte eine Anwohnerin. Ich möchte bei dieser Gelegenheit erwähnen, dass sie nur ein einziges Kind hat, welches sie zu beaufsichtigen hat. Und nein, die Kinder sind nicht den ganzen Tag eingezäunt, sondern nur dann, wenn ich kurz mal ins Haus muss, weil das Telefon klingelt, oder weil ich einfach mal müssen muss.

Schnee und Marmelade! Oder: Mein Sohn (2,5) wird nicht künstlerisch gefördert

Gibt es so etwas in heutiger Zeit? Mein Sohn ist so kreativ und niemand erkennt es! Ben isst nämlich seine *Mamalade* nicht nur, nein, er schafft Kunst: Die Wände bei Oma sind (ähm...waren) weiß wie Schnee. Endlich und mit einer gekonnt schwungvollen Bewegung seines Armes und seiner kleinen, unschuldigen Hand wird das angepackt: Denn in der Hand befindet sich eine Portion *Mamalade* die nun ihren Aufenthaltsort an Omas schneeweiße Wand verlegen muss! Schnell noch signieren, Ben! Mit Nutella vielleicht? Oma wird stolz sein; und ich als Mama fast am Verzweifeln, weil hier auf dem Pampa-Land "Förderkurse Kunst" reine Fremdwörter sind.

Menschenfresser! Oder: Zum Mittagessen gibt es Mamas Knochen.

Gemüse - eigentlich schon das Wort alleine lässt Krissi (4) beschließen, keinen Hunger zu haben oder stattdessen gar Würgeanfälle zu bekommen und sämtlichen Familienmitgliedern somit den Appetit zu verderben. Doch neulich beim Mittagessen weckte ein Objekt ihr Interesse - zumindest optisch. Denn bei uns gibt es neuerdings "Mama-Knochen" zum Mittagessen. „Das sieht genauso aus wie bei Doktor XY!!"

Zur Erklärung: Unser Arzt hat ein Skelett in seiner Vitrine ausgestellt.

Krissi: „Ich bin satt, esst ihr doch diese Mama-Knochen!"

Nun die Preisfrage, was bei uns auf dem Tisch stand... Spargelstangen!

Guten Appetit!

Das Schweigen der Katze. Oder: Eli und die Kommunikationspsychologie

Oft sind es ja eher Männer, die ein Kommunikationsproblem haben. Oder zumindest gilt für viele: Nichts gesagt ist ausreichend gelobt bzw. immerhin nicht kritisiert. Unser Eli (2) ist da ganz anders. Ihm fällt auf, wenn jemand Kommunikationsschwierigkeiten hat. Das ist ja für ein männliches Exemplar der Spezies Mensch absolut bemerkenswert. So ist er derzeit dabei, die Psyche unserer Katze zu untersuchen, da diese nur noch ein einziges Wort von sich gibt: "Miau".

Eli: „Die Katze sagt gar nix! Was ist los?"

Forschungsergebnisse werden natürlich bekannt gegeben.

Die Grünen regieren im Ländle! Oder: Das Ausschütten eines Glases ist ausdrücklich erlaubt!

Hier auf dem Lande und im Ländle ist es grün geworden. Wir werden seit 2011 als einziges Bundesland (und als erstes wohlgemerkt) von einem grünen Ministerpräsidenten regiert!

Krissi (4) hat schon lange darauf gewartet, denn endlich ist das, was sie so gerne und häufig tut, von "oben" gewollt. Es vergeht kaum eine Mahlzeit, bei welcher sich nicht ein Becher oder Glas (immer ihres!) in Mittagschlafstellung begibt. Natürlich immer dann, wenn es frisch aufgefüllt ist.

Unseren nicht ganz zustimmend zu deutenden Blick bei der letzten solchen Aktion schmetterte Krissi völlig siegessicher nieder: „Das mache ich mit Absicht! Und zwar möchte ich den Tisch gießen, damit hier Blumen wachsen!"

Begrünte Tische -das wäre doch ganz im Sinne Winfried Kretschmanns!

Die neue Sonnenmatratze. Oder: Papa ratlos.

„Papa! Schau mal! Die neue Matratze ist dahaa!"
Was? Wo? Warum? Matratze? Schon wieder neu? Kostet ja fast gar nix. Und Papa Joe schaut etwas entgeistert erst Eli (2) an und dann mich: „Aha, neue Matratze. Hab wohl wieder nicht alles so ganz mitbekommen...?"

Ich selber schaue auch etwas unbeholfen in die Richtung, in die Eli mit dem Finger ganz aufgeregt zeigt. Auch ich weiß nichts von einer neuen Matratze. Hat die Oma ihre Finger im Spiel? Sie ist für die eine oder andere Überraschung ja immer wieder gut und ständig besorgt um ihre Kinder („So wie man sich bettet, so liegt man auch!").

„Die neue Matratze macht dunkel! Da drüben!!" Eli ist ganz aufgeregt.

Wir alle stehen nachdenklich draußen und schauen uns nach der vermeintlich neuen Matratze um.

„Runterdräähen mal! Sonne blendet sonsch!!"

Alles klar. Unsere neue Matratze ist grau-weiß mit gelben Streifen, ganz neu. Auch ich sehe sie mittlerweile. An der Decke der Terrasse angebracht. Und heißt Markise.

Biologisches Wunder. Oder: Wo verstauen wir Papa?

Verwandtschaftsgrade können mitunter sehr kompliziert sein. Unsere Kinder denken da nicht ganz so umständlich wie wir.

Ben, Eli und Krissi spielen liebend gerne "Vater, Mutter, Kind". Obwohl die Rollen eigentlich schon verteilt sind, wird jedes Mal so getan, als hätte jeder die Chance auf seine Lieblingsposition in der Familienstruktur.

Krissi ist immer die Mama. Sie hat mit ihren 4 Jahren eben am meisten Lebenserfahrung und schafft es, die Krisen ihrer Familie locker zu meistern. Sie ist es auch, die kurzerhand das Thema "Klotraining" bei ihren Brüdern angeht und ihnen mal so nebenbei die Windeln auszieht: „Das müsst ihr nun endlich lernen!" Das Putzen des Bodens und das Waschen der Wäsche ist dann natürlich meine feste Aufgabe.

Nun geht es darum, die Rollen Vater und Kind an die Zwillinge zu verteilen. Beide wollen Kind sein, die Freiheiten sind dort eben doch verlockender als die Pflichten der Vaterrolle. Nur: Wie soll das Problem gelöst werden?

Krissi hat wie immer einen Vorschlag parat: „Ihr seid beide Kinder. Der Papa ist einfach noch im Bauch seiner Mama!"

Wahre Gourmets. Oder: Wann gibt es endlich wieder Kaktus-Kuchen?

Das Thema Essen ist ein Thema für sich. Wer wie ich drei Kinder hat, wird wissen, was es heißt, den sogenannten gemeinsamen Nenner zu finden. Gibt es etwas, das alle drei Kinder gerne essen? Gesund sollte es nach Möglichkeit auch noch sein - eine wahre Herausforderung, wenn es nicht täglich Pommes oder Spätzle mit Soße geben soll. Auch als waschechter Schwabe kann ich Spätzle fast nicht mehr sehen...Und das will etwas heißen.

Ich beschließe, meine Kinder zu fragen, was es zu essen geben soll. Oben genannte Speisen dürfen dabei nicht genannt werden.

Krissi: „Nudeln mit Ketchup!" (Ich enthalte mich des Kommentares und schaue Eli an.)

Eli: „Bergkäse mit Brie!" (War ja klar, Eli könnte sich von sämtlichen Varianten von Käse ernähren.)

Ben: „Brezel mit Wecken und Eis!" (Wird immer besser...)

Ich muss wohl nicht gerade enthusiasmiert in die Runde geschaut haben, denn unaufgefordert sagt Eli:
„Wann gibt es mal wieder Kaktus-Kuchen? So einen wie bei Oma!"

Ben singt lautstark: „Wer hat die Kacka-Nuss, wer hat die Kacka-Nuss, wer hat die Kacka-Nuss geklahahaut??"

Ein Anruf bei Oma ergibt, dass es sich um einen "Kokos"-Kuchen handelte...

An diesem Tag gab es mangels Zeit wegen all`der Diskussionen nur Nudelsuppe - begleitet von riiiiesen Begeisterungsstürmen.

Styling. Oder: Mama malt Wasserfarben

Ich darf es ja eigentlich gar nicht erwähnen geschweige denn hier in Worte fassen. Denn so lese ich es immer wieder und es verliert nicht seine Wahrheit - im Gegenteil, es wirkt wie in Stein gemeißelt.

Ich war heute Morgen beim Friseur - meine kleine Auszeit - ein Genuss. Also, dass ich beim Friseur war, teile ich natürlich gerne mit. Aber die Friseurin fragte: „Wann warst du denn zuletzt bei uns?"

Ich ahne, dass es ein paar Tage her sein muss.

Dass es 5 Monate her war, gibt mir zu denken...Karteikarten sind ehrlich.

Noch mehr bewegen mich die Blicke meiner Kinder (die während meines Besuchs beim Friseur im Kindergarten bzw. in Omas Obhut waren) als ich nach Hause komme. Denn dieses Staunen ist ein Zeichen...5 Monate sind eindeutig zu lange.

Auf jeden Fall sind die Haare kürzer, mit neuem Schnitt und aufgefrischter, dunkler Farbe. Ich fühle mich gut.

Auch Krissi gefällt es.

Ben: „Mama war beim Friseur!"

Eli: „Nein! Mama hat Wasserfarben gemalt! Ganze Haare angestrichen! Darf bloß mit Unterlage malen! Ganze Haare voll! Besser aufpassen, Mama"

Gut erzogen. Oder: „Oma, so geht das nicht!"

Wir haben das Glück, dass unsere Kinder wundervolle Großeltern haben, die uns tatkräftig unterstützen. Natürlich auch beim Töpfchen- bzw. Klotraining. Diese Unterstützung brauchen wir auch, denn in dieser Beziehung sind Ben und Eli Paschas durch und durch. Sie finden es schlichtweg bequemer, die achso tollen, saugfähigen, niemals Nässe verspürenlassenden Windeln zu tragen. Auf die Toilette zu gehen unterbricht das Spielen oder stört vehement beim Aushecken diverser Streiche. Viele Versuche haben wir schon gestartet, die Zwillinge sind sich auch bei diesem Thema wie immer einig. Und diese Eintracht durchbricht so leicht keiner - Zwillinge eben.

Nichts desto trotz lockt Oma immer mal wieder - es gibt ja tollste Modelle von Töpfchen: mit Musik oder mit Geblinke, in tollen Farben und Varianten.

Heute ist ein Modell an der Reihe, das an den Nachttopf aus Uromas Zeiten erinnert – mit dem damals so typischen Henkel.

Nach kurzer aber aufmerksamer Begutachtung durch die Jungs kamen diese zu einem Beschluss:

Eli spricht für beide: „Oma, so geht das nicht. Ich pinkle doch nicht in eine Kaffeetasse."
Was bin ich stolz auf meine gute Erziehung.

Eine Hochzeit ist teuer. Oder: Knete ist nicht gleich Knete

Hochzeiten gehen immer nahe. Seit des königlichen Trau-Ereignisses in London (William und Kate, April 2011) ist Krissi völlig bezaubert. Unglaublich, wie schnell unsere Terrasse zur Westminster Abbey umgestaltet werden kann. Aus alten Vorhängen (ich wusste doch, dass ich sie nicht wegschmeißen darf) werden festliche Gewänder und ich entdecke auf Krissis Kopf meinen verloren geglaubten, neuen Schal aus edlem Tuche, völlig zerknittert und in sich verdreht. Wie ich meine, ist er auch etwas farblich verändert...(er war einst weiß):

„Ich MUSS meinen Schleier auf dem Boden zurecht machen, Mama."

Wie gesagt, unsere Westminster Abbey befindet sich draußen. Blütenstaub. Sand aus dem Sandkasten. Gras vom frisch gemähten Rasen. Prima.

„Sind Eheringe eigentlich sehr teuer?" überlegt Krissi mit ihrem gelb-beige-grünlichen Schleier-Turban auf dem Haupte. „Wenn ich für mich einen silbernen Ehering kaufen werde, dann ist alles Geld weg." Sie ist sehr nachdenklich und man spürt förmlich, wie sie nach einer Lösung sucht, denn ein Ehering für ihren zukünftigen Bräutigam ist ihr auf jeden Fall ein großes Anliegen.

Krissis Mimik verrät, dass sie dem Problem beikommen wird:

„Meinem Mann mache ich einen Ehering aus Knete, ich hab gaaanz viel Knete. Vor allem gelb und grün."

Knete und Knete sind zwei verschiedene Dinge.

Wo bleibt der Bus? Oder: Besserwisser-Mütter und ihre Erziehungsstile

Es soll Familien geben, deren Kinder noch nie gestritten haben.

Erst neulich stand ich hier in Kuhbach an der Bushaltestelle, um Krissi (4) vom Kindergartenbus abzuholen. Bei uns im Dorf gibt es natürlich keinen Kindergarten, so fährt unsere Tochter Bus, seit sie 3 Jahre alt ist. Das klappt prima (bei den ersten Busfahrten ereilten mich diverse Angstzustände), man sollte seine Kinder niemals unterschätzen.

Auf jeden Fall ist die Bushaltestelle in unserer überschaubaren Ortschaft die Stelle, an welcher sämtliche News erfahren und besprochen werden. Hin und wieder macht die eine oder andere Mama (Männer sind hier in der Regel nicht anzutreffen) ihrem Ärger über das Streiten unter Geschwistern Luft. Mitfühlende Mamas stimmen zu und wirken beruhigend ein. Das hilft. Anderen geht es auch so. Alles ist gut.

Nach einer kurzen Pause platzt eine dieser Besserwisser-Mütter damit heraus, dass ihre drei Kinder noch niemals untereinander gestritten haben und dass das alles eine Frage der Erziehung sei. Wir anderen schauen uns nur an, sagen nichts. Besagte Mutter hat, wie erwähnt, drei Kinder, lauter Mädchen, das Jüngste 9, das Älteste 16.

Mädchen. Nie streiten. Keine Zickereien. Ha. ha.

Wo ist nur der Bus heute? Ach, die Baustelle...klar, das kann noch dauern.

Wir diskutieren nun einen Artikel der aktuellen Tagespresse mit dem Thema „Das Verhalten von Jugendlichen heute".

Besagte Mutter: „Den Kindern von heute fehlt Disziplin durch Klapse auf den Po. Und Backpfeifen haben noch keinem geschadet."

Ohne weitere Worte hier. Dort schon.

Der Bus kommt.

Wir schließen unsere Kinder liebevoll in die Arme.

Und sind froh, dass sie sich trauen zu streiten.

Streik! Oder: Warum man bei uns sein Zimmer nicht mehr aufräumen muss.

Die Erziehung zu Ordentlichkeit und Sauberkeit gilt bei uns als selbstverständlich. Zumindest versuchen wir als Eltern alles dafür zu tun. Aber natürlich v.a. aus Selbstschutz, denn wer schon einmal barfuß auf einen Legostein trat, weiß was ich meine.

So halten wir unsere Kinder dazu an, täglich am späten Nachmittag in ihren Zimmern Ordnung zu schaffen.

Restlos begeistert machen wir uns alle zusammen in der Regel an die Arbeit. „Wir legen abwechslungsweise Bauklötze in die Kiste, bis alles weg ist!" mache ich einen pädagogisch korrekten Vorschlag.

Das klappt auch, denn plötzlich sind alle Bauklötze verstaut - nur dass die einzige abwechselnde Handlung daraus bestand, dass ich mal mit der rechten, mal mit der linken Hand Klötze in die Kiste beförderte.

Krissi bemerkt auch, dass ich alleine aufräume während sie, Ben und Eli andere Dinge auspacken um diese in einer anderen Ecke des Zimmers kreativ zu verteilen: „Mama, ich räume sowieso gar nie mehr auf. Denn vom Zimmer aufräumen bekomme ich immer ganz schlimmen Schnupfen!"

Ungerecht! Oder: Man darf nicht nur an sich denken

Verdächtige Ruhe. Wieder einmal.

Mittlerweile ist Ruhe zu "Alarmstufe Rot" für mich geworden. Das ist mir so sehr in Fleisch und Blut übergegangen, dass ich sogar hibbelig werde, wenn Ben und Eli nicht im Haus herum toben, lachen, kichern, glucksen, tatütata rufen, singen, klopfen, trommeln und so weiter, weil sie schlicht und ergreifend gar nicht da sind, sondern bei Oma "Ferien" machen.

Aber heute SIND sie DA. Hier. Zumindest waren sie es vor wenigen Minuten noch.

Ich renne meine vertrauten Wege im Haus ab und rufe abwechselnd beide Namen. Nichts. Naja, fast nichts. Ich höre ein Rauschen. Wasser. Oh. Nein. OH! NEIN!

Da stehen Ben und Eli unter der Dusche. Natürlich voll bekleidet. Nass von Kopf bis Fuß. Lachend - ansonsten ist Haare waschen immer ein Grund, wie wahnsinnig zu brüllen.

„Was macht ihr denn da?" frage ich, obwohl ich ja sehe, dass sie sich komplett eingeweicht haben.
Ben: „Nicht nur unser Mund hat Durst. Pulli, Hose und Socken und Hausschuhe auch."
Eli: „Haben zu trinken gegeben." Meine sozial eingestellten Kinder.

Rien ne va plus. Oder: Unsere Chance kommt bei Nacht!

Ben und Eli sind fasziniert von Geräten und technischen Dingen jeder Art. Ganz besonders aber scheint sich schon jetzt herauszukristallisieren, dass die beiden zukünftig Computerfachmänner werden. So gelingt es ihnen hervorragend, die Einstellungen von Opas PC so zu verändern, dass man meinen könnte, wir befänden uns in einem Spielcasino: „Rien ne va plus!" ist hier die passendste Aussage. Nichts geht mehr. Wenn man von einem schwarzen Bildschirm und kurz aufblinkenden Lichtlein absieht.

Erst kürzlich wurden sie "in flagranti" beim wilden Klicken auf die Tastatur und Betätigen der Maus erwischt. Wieder einmal Roulette-Zustand.

„Ha! Es liegt gar nicht an meinem PC!" stellt Opa fest, der fortan seinen PC noch besser im Blick hat. „Das darf man nicht machen!" wiederholen Oma und Opa nun immer wieder.

Ganz leise sprechend (Achtung! Gefahr im Verzug!) ziehen die Zwillinge sich zurück. Eli flüstert Ben zu: „Wir arbeiten wieder, wenn es Nacht ist." Heinzelmännchen.

Wie verhext. Oder: Warum hat eine Posaune keinen "OFF"-Schalter?

5 Jahre sind eine relativ lange Zeit. Vor allem wenn man die stundenlangen, schlaflosen Nächte dabei bedenkt. Und das tue ich.

Ich übertreibe nicht, wenn ich hier schreibe, dass wir die Nächte der vergangenen 5 Jahre, in denen alle unsere drei Kinder durchgeschlafen haben, an einer Hand abzählen können. Es ist ja nicht so, dass die Kinder nicht durchschlafen können. Aber sie können es nur äußerst selten alle drei gleichzeitig innerhalb einer Nacht.

Durchschlafen heißt für mich: Nicht aufstehen zu müssen, um den Kindern Wasser zu reichen. Nicht aufstehen zu müssen, um einen Kinderpopo abzuwischen. Nicht aufstehen zu müssen, um das unter das Bett gefallene Kuscheltier zu bergen.

Vergangene Nacht aber war eine solche. Keiner wollte trinken, keiner hat schlecht geträumt, niemand musste aufs Klo. Himmlisch.

„Himmlische" Posaunenklänge durchtönten ab 0.30Uhr die nächtliche Ruhe. Nein, keine Engelslieder. Getröte wie aus dem Bierzelt. Bis 4 Uhr. Jemand hier im Dorf feierte im Freien irgendetwas. Geburtstag vermutlich. Wenn die Posaune wenigstens richtig gespielt hätte. Extrem laut und falsch. Alkoholgeprägtes Grölen dazu.

Um exakt 5.13Uhr war dann Krissi wach und wollte Frühstück.

Ich werde heute einen Kaffee-Tag einlegen (müssen).

Krissi gehört in die Politik. Oder: Wie man sich vor EHEC schützt.

Umfragen zufolge sind Menschen ganz unterschiedlich mit der Ausbreitung des Darmkeimes EHEC (2011) umgegangen. Wir gehören zu der vorsichtigeren Sorte Menschen.

So war es gar nicht einfach, den Kindern zu vermitteln, warum es bei uns zum Abendessen den geliebten Gurkensalat eine zeitlang nicht mehr gab.

In kindgerechter Sprache versuchen Joe und ich, das Verhängnisvolle an "unsichtbarem Schmutz" und Bakterien zu erklären. Krissi (4) zeigt sich sehr verständig und alles scheint klar zu sein.

Ein paar Tage später kamen die Sprossen mit ins Spiel.

Krissi: „Mama, du brauchst gar nichts erklären, ich weiß Bescheid. Von Sprossen kann man auch krank werden, wie vielleicht von Gurken."

Sie grinst, schaut in Richtung Fenster und redet weiter: „Wir sind da aber sicher. Die Sprossen unserer Fenster sind noch drin."

Diese Erkenntnis ist fast so einleuchtend wie so mancher Kommentar, der zu diesem Thema aus der Politik zu vernehmen war.

Was macht Mama eigentlich? Oder: Sogar das Sandmännchen hat ein Handy!

Bei uns ist der Fernseher tagsüber immer aus. So ist es nicht ungewöhnlich, dass wir die Fernbedienung nicht vermissen, wenn diese aus irgendeinem Grund nicht am dafür vorgesehenen Platz aufzufinden ist.

Am Abend jedoch gestatten wir Krissi, Ben und Eli vor dem Bettgehen 10 Minuten eine Kindersendung zu schauen.

Die Technik von heute ist ja so modern, dass man (zumindest bei unserem TV) nicht mehr manuell Programme auswählen kann. Aus diesem Grunde suche ich...nach der Fernbedienung.

Wenn ich noch länger Sofakissen umdrehe, Legokisten durchwühle, Ladewagen von Traktoren inspiziere, unter den Tisch krabble, Küchenschubladen durchsehe, Tragetaschen von Puppenwagen drehe und wende, Barbies High-Heels durcheinander bringe usw. ist nur eines sicher: Das Sandmännchen wird vorüber sein, noch ehe ich es einschalten konnte.

Die Kinder beobachten meine oben genannten Aktivitäten aufmerksam und sind gespannt, was Mama wohl vorhat.

Krissi (4): „Mama, ich glaube, der Osterhase war nicht da. Es ist Juli." Recht hat sie.

Mein Mann schaut auch etwas merkwürdig. Ich: „Du könntest mir gerne helfen." Joe mit einem fragenden Lächeln: „Wenn ich wüsste wobei, würde ich das sehr gerne tun!"

Eli (2): „Suchst du was?" Na, das ist doch schon mal ein Ansatz.

Nach weiteren Minuten sieht mich Ben grinsend an. Und mir fällt ein, was er mir zu Beginn meiner Suche gesagt hat: „Das Sandmännchen-Handy hab ich aufgeräumt."

Ich folge meinem Gedankenblitz und schaue in dem Schrank nach, in welchem wir unsere Handys und diverses Zubehör aufbewahren.

Dort liegt es! Das Sandmännchen-Handy alias Fernbedienung.

Immerhin sehen wir noch den Abspann - besser als nichts - und die Kinder schlafen dennoch gut ein. Ich sichere derweil das Sandmännchen-Handy für morgen Abend.

Ich vertraue nur mir selbst. Oder: Flugversuche

Unser erster Familienurlaub steht an und die Kinder sind ganz begeistert mit dabei, diesen zu planen. Diese kindliche Vorfreudc alleine ist schon Grund genug, in den Urlaub zu gehen.

Ähm, zu fliegen natürlich, denn unser Ziel heißt Mallorca!

Joe und ich machten uns schon vorab Gedanken darüber, wie die Kinder den Flug wohl bewältigen würden. Aber Ben und Eli nahmen uns jegliche Bedenken, denn sie stellten schon bald klar, wie sie nach Mallorca gelangen werden.
Eigentlich liegt das ja auch nahe. Wozu dienen denn sonst Flügel? Klar, zum Fliegen.
Und diese Flügel, die wir für unsere drei Kinder besorgt haben, MÜSSEN ja zu irgendetwas nutze sein.
So demonstrieren uns Ben und Eli anschaulich und vollen Ernstes ihre Flugversuche gen Mallorca indem sie mit ihren Flügeln wiederholt vom Sofa runter hüpfen und dabei mit ihren Ärmchen wackeln. „Maaaama, Paaapa, wir können fliiiiehiiiiiiegen!!!"
Klar - wozu hat man sonst (Schwimm-)Flügel.

Fliegende Eierbusse. Oder: Krach! Bumm! Boing!

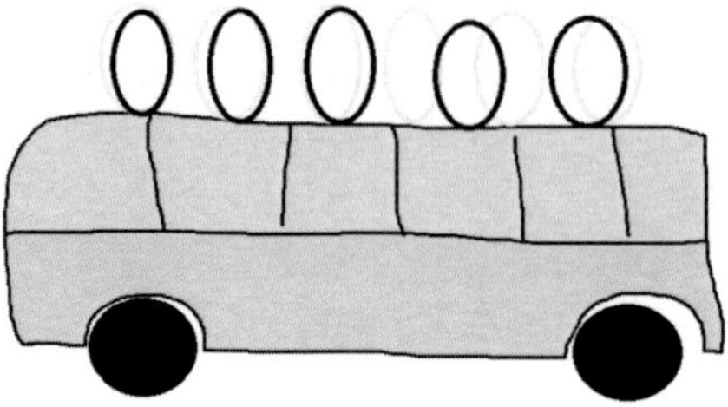

Wir waren dieses Jahr zum ersten Mal so richtig im Urlaub - seit unsere Kinder da sind. Die ganze Familie, mit Oma und Opa. Wie gesagt waren wir auf Mallorca. Das heißt, dass nicht nur die Aussicht auf eine völlig andere Umgebung, sondern vor allen Dingen der Flug bzw. die Flugzeuge eine absolute Faszination für die Kinder darstellte.

Ben und Eli (3) interessierten sich in erster Linie für die verschiedenen Ausführungen der Flugzeuge, was Aussehen und Technik betrifft. Krissi (5) hingegen las sämtliche Aufschriften und Namen der Fluggesellschaften.

Plötzlich jedoch wurde sie ganz still… Ich fragte sie: „Krissi, was ist denn?" Sie dachte sichtlich nach. „Ich glaub, ich flieg nicht mit. Aber wo könnte ich denn dann so lange hin?" Joe: „Wieso willst du denn nicht mit?" Krissi: „Ich kann mir irgendwie nicht vorstellen, dass man mit Eierbussen so gut fliegen kann, wie mit einem Flugzeug." Joe und ich sahen uns fragend an. Krissi fuhr weiter fort: „Außerdem wird das Krachen sicher viel zu laut für mich sein!" Wir versuchten zu erfassen, was in ihrem Kopf vorging.

Plötzlich sahen wir es:

Auf großen Werbetafeln stand in riesigen Lettern:

AIRBUS und BOEING

Eier-Bus und Krach, Bumm, Boing!

Platzende Flüge. Oder: Wenn einer eine Reise tut....

Wenn man Ben und Eli nach unserem Urlaub auf Mallorca fragt, fallen ihnen als allererstes die verschiedenen Flugzeuge ein, die sie bei unseren Wartezeiten gesehen haben.

Sowohl die kleinen als auch die großen Maschinen haben sie unheimlich fasziniert. Und sie schildern äußerst genau, wie "unser" Flugzeug ausgesehen hat. Krissi hingegen erinnert sich als erstes an die Minidisco und das Tanzen.

Beim Spazierengehen treffen wir eine Bekannte, die sich mit unseren Kindern unterhält und sich nach unseren Urlaubserfahrungen erkundigt.

Krissi: „Wir mussten mitten in der Nacht aufstehen um nach Friedrichshafen zu fahren! Das war cool!"

Ben: „Jaaa, da waren ganz viele Lichter. Wir haben viele Flieger gesehen!"

Eli: „Wir sind da hingefahren, zum "da platzen Flüge". Das ist sicher hin und wieder auch richtig. Eli meinte aber einfach, dass wir zum FlugPLATZ gefahren sind.

Urschrei! Oder: Die wundersame Brust-Vermehrung

Ben und Eli (2) sind meistens sehr früh wach am Morgen. Morgenstund hat Gold im Mund.

Sie wachen auf und kommen, mit ihren Hausschuhen in der Hand, die Treppe herunter.

Heute aber ist ganz plötzlich ein Urschrei zu vernehmen: „MAAAAAAAAMAAAA!!!"

Ich bin eben dabei, mein Frühstücksbrot in Ruhe mit Butter und Marmelade zu bestreichen, doch nun werfe ich aufgeschreckt das Messer auf den Tisch, ein Stück Butter löst sich von selbigem und landet im Gesicht meines Mannes.

Noch nie war ich so schnell die Treppe nach oben gestürmt!

„MAAAAAMAAAA!" Es scheint Eli zu sein. Ich öffne die Tür zum Zimmer der Zwillinge.

Ein über das ganze Gesicht strahlender Eli sitzt in seinem Bett.

„Mama, ich habe mehr Busen als Krissi und du!" Stolz hebt er seinen Schlafanzug nach oben und offenbart mir in der Tat drei vermeintliche Brustwarzen. Mittig platziert zwischen den "üblichen" Brustwarzen befindet sich ein dicker, roter Schnakenstich.

Die wundersame Brustvermehrung sorgt für einen schwungvollen Start in den Tag! Was Eli wohl sagen wird, wenn der Schnakenstich abgeheilt sein wird?

Ein Wunder! Oder: In Zukunft müssen wir keine Erdbeeren mehr einkochen.

Erdbeermarmelade ist lecker, ganz besonders wenn sie nicht aus dem Supermarkt kommt, sondern wenn sie aus Erdbeeren aus dem eigenen Garten hergestellt wird.

Das macht zwar Arbeit, aber diese lohnt sich.

Bei uns sieht das in Zukunft anders aus, denn hier vollziehen sich wahre Wunder.

Wir werden keine Erdbeermarmelade mehr kaufen müssen...andere Marmeladen hingegen schon. Wir werden keine Erdbeeren mühsam pflücken müssen...Himbeeren und Johannisbeeren werden aber auf uns an ihren Sträuchern warten.

Denn: Wir haben Krissi - das Wunderkind.

„Maaaaama, bei mir kommt kein Bluhuuuut sondern Erdbeermarmelaaaaaaade aus meinem aufgekrahatzten Mückenstich!!!" ruft sie durch das ganze Haus und zeigt mir einen Hauch von hellrotem Blut (Tröpfchen wäre übertrieben) an ihrem Arm.
Na dann...holen wir mal Gläser, um die Erdbeermarmelade Marke Eigenbau abzufüllen.

Teddy lernt schwimmen. Oder: Warum man bei ebay Höchstsummen für ein Schmusetuch bezahlt

Ben und Eli (2) sind ja bekannt dafür, dass sie nicht die Sorte von Schläfer sind, die man sich wünscht. Jede Nacht ist bei uns im Hause einiges los und die aufmerksamen Dorfbewohner beobachten genau, wie oft bei uns zu später Stunde Licht gemacht wird. Oder sie beehren uns bei einem Zusammentreffen mit dem Kompliment, wie früh wir doch immer schon wach wären (noch!! wach, träfe es wohl eher...)

Auf jeden Fall gehört bei beiden Jungs von Geburt an zum Schlafen ihr Schmusetuch-Teddy dazu, den ein bekannter Spielwarenhersteller aus Ravensburg (Name wird nicht verraten) herstellte.

Wieder einmal ist Schlafenszeit und anstatt des Gute-Nacht-Liedes rufen wir die Katastrophe aus! Ein Bär ist weg! Ein. Bär. Ist. weg. Und nun? Alle 5 rennen wir im ganzen Haus herum und suchen an allen möglichen und unmöglichen Stellen. Nein, wohl nicht an allen, denn das Schmusetuch bleibt verschwunden.

Joe und ich interviewen die Kinder, machen Einzelverhöre: „Wann hast du Teddy zuletzt gesehen? Und vor allem: wo?" Wir verfolgen die Spuren haargenau- doch wieder erfolglos. Nicht ganz, denn wir finden dabei im Keller hinter den ausgebauten Autositzen (die wir nur dann brauchen, wenn Oma und Opa auch noch in unserem Bus mitfahren) einen kleinen Ball, den Eli vor Monaten verlor. Aber der Ball nützt zum Einschlafen recht wenig.

Plötzlich jedoch kommt Ben ein zündender Gedanke: „Bärle kann etz schwimmen!" Auf meine Nachfrage, wo er denn schwimme: „Im Klo! Hab runter gschbült!"

Oh. Mein. Gott. Lass. Das. Nicht. Wahr. Sein.

Es ist aber wahr. Schmusetuch-Teddy lernt im Klo und dessen Ablaufrohren schwimmen - zumindest ist Teddy sonst wirklich nirgendwo zu finden.

Irgendwie überstehen wir diese Nacht.

Am nächsten Tag gibt es nur eins: Ebay. Denn dieses Schmusetuch ist natürlich nicht mehr im Handel zu bekommen. Und auch bei ebay gibt es nur **ein** identisches Exemplar. Ich MUSS diese Auktion gewinnen und bin bereit, ein halbes Monatsgehalt zu investieren. Um den dreifachen Preis als das Original heißt es dann für mich 3-2-1...meins! bzw. Bens.

Ein paar Tage später ist ebay-Teddy dann in unserem Briefkasten und schnell bei Ben im Bett. Ich weiß nicht wirklich, wie die Nächte bis dahin verliefen - das muss ich verdrängt haben.

Endlich kehrt Ruhe (oder zumindest etwas mehr Ruhe) in unsere Nächte ein.

Ich erwähne lieber nicht, dass wir 2 Tage später den verschollenen, vermeintlich schwimmenden Schmusetuch-Teddy in der Kuchenform im Küchenschrank fanden.

Ich sollte wohl öfter Kuchen backen.

„Guten Tag"! Oder: Wie man sich als Eltern unsichtbar machen kann...

Freundlich zu sein wird bei uns groß geschrieben. So versuchen wir natürlich, bestimmte Verhaltensmaxime in unseren Alltag zu integrieren und hoffen, dass unsere Kinder gerade nicht dabei sind, sollten wir unsere Nachbarin nicht grüßen.

Warum wir sie nicht grüßen? Nicht mehr, muss ich sagen. Wegen ihrer Einmaligkeit. Sie ist etwas ganz besonderes. Denn für sie sind Joe und ich unsichtbar. Un. Sicht. Bar.

Aber nicht, weil wir etwa sehr klein wären oder gar Tarnkleidung trügen. Auf phänomenale Weise existieren wir nicht, sobald wir ohne unsere Kinder auf sie treffen.

Kein „Guten Morgen!" Nichts.

Ich spreche sie an als sie von einem Spaziergang zurückkommt und mir fast in die Arme läuft: „Guten Tag, Frau XY. Das Wetter ist heute wirklich wieder traumhaft schön."

Ein kurzes Zucken ihres Kopfes in meine Richtung. Noch schneller wieder zurück diese ganze Bewegung. Hat sie mich doch gehört? Oder gar meine Existenz bemerkt? Kein Laut von ihr zu vernehmen. Und sie geht weiter von dannen ohne ihre Schrittgeschwindigkeit oder ihren Gesichtsausdruck zu verändern.

Gut (eigentlich nicht gut), solche Leute gibt es wohl überall.

ABER...sobald Krissi (4), Ben (3) und Eli (3) dabei sind, ist Frau XY die Freundlichkeit selbst.

„Hallo Familie Z.! Sie sind aber auch sehr oft draußen, das gefällt den Kindern. Und ihr drei seid ja süß!"

Lächelnd geht sie weiter und dreht sich mehrfach um, um den Kindern zuzuwinken und Joe und mir einen schönen Tag zu wünschen. Aufgrund unserer Vorbildwirkung auf unsere Kinder (und auch ein bisschen, weil wir ihr wirklich nette Worte zukommen lassen möchten) antworten wir auf ihren Gruß.

Aber eben nur, wenn Krissi, Ben und Eli dabei sind.

Ansonsten sind wir ja unsichtbar. Irgendwann werde ich Frau XY fragen, wie das geht. Hin und wieder wäre es nicht das Schlechteste, kurzzeitig nicht zu sehen zu sein.

Wollsocken und Eis am Stiel. Oder: Verkehrte Welt

Kaminfeuer, Glühwein, Tee mit Zimt-Duftnote, Wollsocken und Kuscheldecke....

Habe ich schon alle Geschenke beisammen? Noch einpacken...oh, wieso hab ich nur Papier mit frühlingshaften Motiven? Egal, das muss auch gehen.

Schnell noch einen Strohstern basteln, die mag mein Mann so gerne. Ach halt, das Stroh ist aus...Ich muss draußen nachsehen. Wo kommen die vielen Nacktschnecken her auf meinem Weg zur Scheune? Sind die nun schon im Winter unterwegs...

Radio einschalten, es kommt ja auf jedem Sender weihnachtliche Musik. Stattdessen höre ich „Summer, sunshine..." Die haben auch noch nicht kapiert, dass Weihnachten ist.

Ich höre die Datumsansage als im selbigen Sender die Nachrichten verlesen werden.

24. (das würde noch passen) Juli (!!!WAS???) 2011. Das MUSS ein Versprecher sein und ich lache herzhaft.

Da ich mich aufgrund der sommerlichen Temperaturen von gerade mal 10 Grad irgendwie inspiriert fühle, schreibe ich mir mein eigenes Weihnachtslied, wenn schon im Radio keines gespielt wird.

Oh Tannenbaum, oh Tannenbaum,

wie grün sind deine Blätter.

Du grünst nicht nur zur Winterzeit,

nein, auch im Sommer ist`s soweit.

Oh Tannenbaum, oh Tannenbaum,

im Winter wär`es netter.

Oh Tannenbaum, oh Tannenbaum,

das Lied könnt mir gefallen.

Wenn es nicht grad mal Juli wär,

dann fiele mir das auch nicht schwer.

Oh Tannenbaum, oh Tannenbaum,

das Lied soll schnell verhallen.

Oh Tannenbaum, oh Tannenbaum,

mein Kleid sollt dich was lehren.

Die Kälte, auch die Regenzeit,

nimmt Hoffnung und Gelassenheit.

Oh Tannenbaum, oh Tannenbaum,

wir wolln uns heut beschweren.

Und nun muss ich noch einen Termin in der Autowerkstatt machen - Winterreifen montieren.

„Einmal MaxiCosi bitte!" Oder: Gesunde Ernährung ist wichtig.

Wenn man jetzt im Sommer den ganzen Tag draußen ist, macht das nicht nur müde sondern auch hungrig.

Ziemlich hungrig. Unvorstellbar, was ein dreijähriger Junge mengenmäßig essen kann - zum Teil ist das mehr als ich esse (nein, ich esse nicht nur ein Salatblatt... ;-))

Man könnte meinen, in solchen ausgehungerten Momenten wäre es selbst wählerischen Kindern schnuppe, was es zu essen gibt.

Eli: „Ich hab noch Huuhuunger!"

Joe: „Was magst du denn noch haben?"

Eli: „HUUUNGER habe ich!"

Joe: „Das ist nicht zu überhören. Ben und Krissi, habt ihr auch noch HUUUUNGER?"

Krissi: „Nein, ich bin satt." (puh, wenigstens eine...)

Ben: „Ich brauch MaxiCosi!!!"

Ich, immer auf Höflichkeit bedacht: „Wie heißt das richtig, Ben?"

Ben: „Kann ich bitte noch einen MaxiCosi haben?"

Ich: „**WAS** magst du bitte genau haben?"

Ich denke einen Augenblick darüber nach, was er meinen könnte. Gibt es diese Baby-Autoschalen nun aus Schokolade? Essbare Handys und dergleichen sind ja im Sortiment eines jeden Supermarktes zu finden. Sogar hier bei uns auf dem Lande - also, nicht hier in Kuhbach (Supermarkt - was ist das?), sondern ein paar Kilometer weiter.

Ben startet einen neuen Versuch und übertrifft sich selbst in Sachen Ausdrucksform: „Ich hätte bitte, bitte sehr gerne einen MaxiCosi!"

Krissi springt ein und übersetzt gelangweilt: „Ben mag eine Aprikose essen."

An Bens Grinsen erkennen wir, wie gut Krissis Übersetzung war.

Musikalische Früherziehung. Oder: Wir pinkeln Lambada!

Die Bedeutung von Musik für Kinder ist ja weitreichend bekannt. Schon im Mutterleib reagieren Babies auf Klänge, ganz besonders förderlich sollen Mozarts Kompositionen sein. Um alles Erdenkliche für unsere Kinder zu tun, habe ich damals meinem schwangeren Bauch stundenlang klassische Musik vorgespielt. Nicht selten bin ich dabei eingeschlafen.

Musik zieht sich durch den Alltag unserer Familie - ich als Musikerin und Pädagogin lege darauf größten Wert. Lieder und Silben klatschen ist gut, um später fließend Lesen zu können. Den Kindern gefällt's!

Deshalb war schnell klar: Es muss natürlich auch ein Töpfchen her, das den Erfolg der Kinder mit einer Melodie belohnt. Wir alle konnten es nicht erwarten, zum ersten Mal das Pinkel-Erfolgslied zu hören.

Plötzlich ertönt im Badezimmer ein Song, der mich zum Tanzen animiert und mich an meine Teenagerzeit erinnert.

Kaum zu glauben: Unser Töpfchen spielt nicht etwa „Alle meine Entchen" sondern es gibt die Lambada-Melodie zum Besten, sobald die Kinder mal müssen bzw. es erfolgreich tun.

Und seit alle unsere drei Kinder die Toilette nutzen (nein, unsere Klos sind leider nicht musikalisch), sieht man Joe und mich nicht mehr Lambada-tanzend durch die Wohnung schweben.

Neue Erkenntnisse der Zwillingsforschung. Oder: Leberwurst und Bavaria Blue.

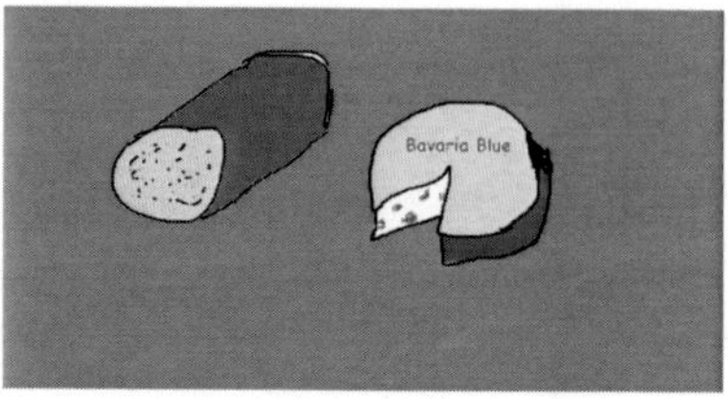

UNvorstellbar: Hier in unserem unscheinbaren Dorf wird gerade Geschichte geschrieben. Es gibt bahnbrechende neue Erkenntnisse in Sachen Zwillingsforschung. Aber nicht nur Zwillingseltern bzw. die Zwillinge selbst dürfte das interessieren. Nein, alle anderen auch, denn Zwillinge stehen immer wieder im Mittelpunkt des allgemeinen Interesses.

Wenn wir irgendwo sind, wo man uns nicht kennt, wird oft hinter vorgehaltener Hand getuschelt. Meistens flüstert die Frau ihrem Partner folgendes zu: „Schau mal, ich glaube, das sind Zwillinge!"

Dabei wird so laut geflüstert und auf uns geschaut, dass wir fast nicht anders können, als auf diese Frage zu antworten, obwohl wir gar nicht gefragt wurden. Meist wird dann noch ein weiteres Mal zum Flüstern angesetzt: „Das Mädchen ist aber auch nicht viel älter…" *tuschel-tuschel* "…viel Arbeit…" *tuschel-tuschel* "…froh, dass uns dieses *Schicksal* nicht ereilt hat…" *tuschel-tuschel*

In Zukunft können wir den an uns interessierten Menschen völlig neue Anhaltspunkte oder gar eine Anleitung bieten, wie man denn erkennen kann, dass es sich bei zwei ziemlich gleich aussehenden Kindern, die noch dazu genau gleich gekleidet sind, tatsächlich um Zwillinge handelt.

Oder vielleicht doch eher keine Zwillinge, auch wenn die beiden nur einen Altersunterschied von knappen 2 Minuten haben?

Alle Zweifel werden beseitigt sein:

Krissi (5) hat folgende neuartige Methode erarbeitet, die sich in der wissenschaftlichen Zwillingsforschung bald etabliert haben dürfte:

Man nehme ein Stück Leberwurst und ein Stück Käse. Krissi meint, Bavaria Blue eigne sich am besten, weil er etwas speziell sei (sie mag ihn überhaupt nicht).

Den vermeintlichen Zwillingen wird beides vorgesetzt. Erst gestern Abend wieder einmal getestet. Und nun ist es amtlich: Ben und Eli (3) können keine Zwillinge sein.

Der Test: Ben entschied sich für Leberwurst, Eli für den Käse.
Ergo: KEINE ZWILLINGE!
Zumindest laut Krissi, die aber leichte Zweifel äußert: „Wenn ich nicht selber wüsste, dass die beiden gleichzeitig in Mamas Bauch waren, würde ich meinem Test fast glauben."

Kopernikus und Co. und der Rolladen. Oder: Krissis wissenschaftliche Theorien

Für Kinder ist es manchmal nicht einfach, Dimensionen wie die Größe eines Landes abzuschätzen. So erkläre ich Krissi, Ben und Eli immer wieder auf ihr Nachfragen hin, dass unsere Nachbarn genauso in Deutschland leben, wie wir.

Unternehmen wir einen Ausflug, wird immer wieder unter den dreien debattiert, wo wir uns denn nun wohl befinden. „Ich meine, dass müsste hier Österreichien sein." sagt Krissi und setzt einen sehr nachdenklichen Blick auf.

Ben stimmt sofort zu.

Eli entdeckt einen Baggersee: „Das sieht aus wie Mallorca..."

Krissi: „Nein, das kann nicht sein. Wir müssten doch mit dem Flugzeug geflogen sein.
SIND.WIR.ABER.NICHT." Ihr Blick wird noch etwas strenger und erinnert mich ein bisschen an eine frühere Lehrerin von mir.

Auch globale Themen stehen bei uns derzeit hoch im Kurs. Auch wenn es für die Kinder fast unvorstellbar ist, haben sie Joes Erklärungen über die Erde als Kugel nun endlich akzeptiert.

Dass sich die Erde aber drehen soll, noch dazu um die Sonne, führt bei uns immer wieder zu Diskussionen.

Krissi ist sehr kritisch und sucht gerne Beweise (irgendwie scheint sie unseren Infos zu dieser Thematik nicht 100%-ig zu trauen...Positiv formuliert: Sie weiß, dass unsere Stärken in anderen Bereichen liegen)

Neulich morgens, alle 5 Personen genießen noch eine halbe Stunde im Ehebett:

„Maaaamaaa!!! Die Erde dreeeeeeht siiiiiich!" ruft Krissi so laut, dass wir alle 5 schlagartig im Bett sitzen. „Ich hab es geseeeeheeeen!" Sie ist ganz aufgeregt.

„Wie das?" frage ich noch etwas verschlafen.

„Oh Mama", sagt sie gelangweilt. „Schau mal, die Erde hat sich so schnell gedreht, dass der Rollladen nun schief hängt!"

Bellende Socken und muhende Unterhosen. Oder: Leinenpflicht für bissige Klamotten

Wir haben Besuch von der Taufpatin unserer Kinder. Also, nicht nur von der Taufpatin, nein, sie bringt auch Sina und Spike mit, ihre 2 Hunde. Krissi, Ben und Eli sind wie bei jedem Zusammentreffen mit den Hunden zunächst sehr vorsichtig und verwandeln sich dann proportional zur Zeit zu furchtlosen Helden.

Ich muss zugeben, es gehört schon Mut dazu (und es sieht auch witzig aus), wenn 3-jährige Jungs einen ausgewachsenen Labrador an der Leine führen.

Auf jeden Fall sind alle drei durch den gemeinsamen Spaziergang mit Sina und Spike inspiriert zu neuen Spielen.

Der Besuch ist schon weg - dennoch bellt es noch in der Diele und irgendwie müssen sich Kühe ins Wohnzimmer geschlichen haben…

Ich nähere mich den verdächtigen Geräuschen.

Da sind alle drei Kinder, ihre Hosen bzw. ihr Rock hängen fast bis zu den Knien unten, denn sie haben kurzerhand ihre Gürtel zu Leinen umfunktioniert. Krissi führt an ihrer Leine bellende Socken Gassi, während Ben und Eli Papas Unterhosen als Kühe auf die Weide führen.

Todesfalle Hochzeit. Oder: Krissis barfüßige Prinzen

„Wenn ich groß bin, dann werd ich entweder Lehrerin, Erzieherin oder Prinzessin. Denn als Prinzessin kann ich immer, immer, immer Kleider anziehen." Diesen Satz hören wir von Krissi in der letzten Zeit gehäuft.

Nachdem sie weiß, wie man die anderen beiden Berufe erreichen kann, bleibt die Frage, wie man denn eigentlich Prinzessin wird.

„Du musst einen Prinzen heiraten." rate ich ihr.

Nun übt sie das schon mal und spielt sehr gerne Hochzeit. Die Suche nach einem geeigneten Übungsprinzen gestaltet sich leider nicht immer so einfach...wie wohl im richtigen Leben auch...

Sie fragt zunächst Eli: „Magst du mein Prinz sein und mich heiraten?"

„Nein, ich spiehiele gerade BAGGER." argumentiert er mit geschäftigem Blick.

Natürlich kommt auch Ben an die Reihe.

„Ich kann nicht, ich muss Dreckbollen verschaffen." Er bearbeitet den Garten mit einem kleinen Rechen.

Die Zwillinge scheinen in der Tat nicht prinzessinnenwürdig zu sein und die nächste für Krissi greifbare Person bin nun mal ich.

Und ich ahne, was kommt: „Maaaaamaaa, magst du mich heiraten?" *schmacht*

Welche Mama kann da nein sagen...

„Wenn es dir nichts ausmacht, dass ich barfuß heirate, dann gerne!" antworte ich.

Krissi winkt ab: „Ach was, das macht gar nichts. Mein erster Prinz hat mich auch barfuß geheiratet und ist gleich gestorben."

Erbrechtlich wäre das vielleicht für die eine oder andere ein kleiner Tipp...barfuß zu heiraten kann so manches ersparen...

Oma kann hellsehen!! Oder: Ben erfindet das Geruchs-Telefon.

Krissi, Ben und Eli telefonieren liebend gerne mit ihrer Oma.

Krissi wählt die Nummer und dann unterhalten sich alle, mit Vorliebe gleichzeitig, und keiner versteht irgendetwas. So kommt es zumindest mir vor, doch die drei Kinder kriegen irgendwie dennoch alles mit, was da gesprochen wird. Klar, sie bekommen ja auch sonst vornehmlich die Sachen mit, die sie ansprechen. Wörter und Ausdrücke wie "aufräumen" oder "zu Bett gehen" scheinen automatisch schon von ihrem Gehörgang zensiert zu werden, noch ehe sie im Gehirn ankommen.

Ich schnappe auf, dass das Thema des Tages das Mittagessen ist.

Oma: „Was gab es denn bei euch zum Mittagessen?"

Krissi: „Rate mal, du kommst nie drauf!"

Ben hat soeben ein Spätzle auf dem Boden gefunden und fuchtelt damit vor dem Telefonhörer herum.

Oma: „Da muss ich aber mal gaaanz genau nachdenken."

Eli: „Oma, schau doch maaaal. Du musst riechen!"

Ben fuchtelt noch energischer und drückt das Spätzle schon fast in den unteren Teil des Hörers.

Oma: „Das ist schwierig, aber ich habs! Es gab Spätzle mit Soße und dazu Saitenwürstchen!"

Ben: „Gell, das riecht guuut!"

Krissi: „Mensch Ben, Oma sollte das doch selber rausfinden, nun hast du alles verraten."

Eli schaut ganz begeistert: „Saitenwürstchen und Soße stimmt auch!"

Krissi: „Oder kann Oma doch hellsehen?"

Spätzle mit Soße und dazu Saitenwürstchen gibt es bei uns so oft, dass es fatal wäre, dies beim Raten nicht als erstes zu nennen :-)

Krissis Forschungen. Oder: Neueste Erkenntnisse über die Eigenschaften von Strom

Der Blick wird ernst und geht in die Weite. Der Mund leicht schief, die Stirn gerunzelt.

Es ist wieder einmal soweit: Krissi ist unmittelbar davor, uns ihre neuesten Eingebungen und Zusammenhänge Themen des Alltags betreffend mitzuteilen.

Zur Zeit stehen Gewitter und die damit verbundenen Geschehnisse bei Krissi ganz hoch im Kurs. Beeindruckend ist für sie, dass aufgrund eines Blitzeinschlages Omas Telefon derzeit lahm gelegt ist.

„Mama, ich hab genau gesehen, wie der Blitz bei Oma einschlug.", berichtet sie ernst und fast könnte man ihr glauben.

„Na dann, erzähl doch mal!" fordere ich sie auf.

„Also, der Blitz kam so runter und traf die Stromleitung! Der gaaaanze Strom lief heraus."

Krissis Ausführungen wecken auch Joes Interesse.

Er fragt: „Wie sieht denn Strom aus? Kann man ihn sehen?"

Krissi: „Na klar, der ist von orange-brauner Färbung!... Außerdem ist er wahnsinnig schnell!"

Ich: „Woher weißt du das denn, Krissi?"

Mit ihrem so typischen, wissenschaftlichen Blick liefert sie umgehend die Erklärung:

„Ich bin ihm hinterher, ich musste sooo schnell rennen, hab es fast nicht geschafft!! Und schon war er bei Omas Nachbarn und dann auf der anderen Straßenseite!!"

So viel Fantasie wirkt überzeugend. Außerdem muss Strom ja nicht immer yellow sein.

Nachbarschaftliche Fürsorge. Oder: Die endlose Freizeit der Lehrer.

In der Mittagszeit mit einem Buch im Liegestuhl liegen. Oder eventuell auf der Terrasse einen Kaffee trinken. Am frühen Abend ein kleines Grillfest vorbereiten. Am hellen Tag einen Spaziergang oder eine Tour mit den Lauf- bzw. Fahrrädern machen.

Im Herbst unter der Woche den einen oder anderen Zweig ausschneiden, den Garten so langsam winterfest machen. Im Winter zu gewöhnlichen Arbeitszeiten einen Schneemann bauen.

Lehrer haben es einfach schön.

Die vielen Ferien nicht zu vergessen.

„Du hast auch immer frei, oder? Lehrer müsste man sein." tönt es vor zwei Tagen von der Straße her in meine Richtung, während ich mit Krissi, Ben und Eli nachmittags im Garten Fußball spiele.

„Und in 5 Wochen habt ihr schon wieder Herbstferien." fügt XY noch kopfschüttelnd hinzu.

„Ja", entgegne ich. „Es ist schon schwierig, die viele Freizeit mit Arbeit zu füllen. Ich arbeite ja derzeit nur in Teilzeit, nicht mal voll. Somit habe ich ja eigentlich gar nichts zu tun."

XY schaut mich leicht schief an und wartet auf meine weiteren Ausführungen, die ich mir nicht nehmen lasse.

„Zudem bin ich Hausfrau und Dreifachmama. Da dies ja auch nicht mit Arbeit gleichzusetzen ist, ergibt das für mich DIE ideale Kombination: Teilzeit-Lehrerin und Hausfrau=endlose Freizeit!"

XYs Blick wird noch fragender und der Mund bleibt offen stehen.

„Du hättest auch Lehrer werden sollen." füge ich hinzu.

XY geht weiter, bleibt stehen und dreht sich erneut zu mir um: „Wollte euch noch drauf aufmerksam machen, dass ihr nachts oft das Licht im Arbeitszimmer brennen habt. Ist sicher ein Versehen."

„Sicher", sage ich und schmunzle ob der nachbarschaftlichen Fürsorge.

Events und Mitgebsel! Oder: Innovative Ideen für Kindergeburtstage

Dreijährige laden zur "Birthday-Party" ein – ohne Eltern der Gästekinder versteht sich. Die Gastgeber-Eltern wiederum scheuen weder Mühe noch Kosten, um ein rundum durchdachtes Event zu zaubern. Wobei wir schon beim Thema wären: Zauberer werden engagiert, Restaurants reserviert, Erlebnisgrillen veranstaltet, Stadtführungen für Kinder organisiert, Abenteuerspielplätze angemietet und vieles mehr. Sämtliche Deko (die nur die wenigsten Kinder überhaupt erfassen können) ist in sich völlig stimmig und farblich und inhaltlich passend.

Sehr bedeutend und so gut untereinander vergleichbar ist die Anzahl der geladenen Gäste. Da kann es schon vorkommen, dass fast die ganze Kindergartengruppe geladen wird. Kaum ist dann der Geburtstag vorbei, muss man sich schon wieder Gedanken darüber machen, was wohl im darauffolgenden Jahr zu bieten sein wird. Es empfiehlt sich, schon jetzt damit zu beginnen, etwas Geld für das nächste Großereignis zur Seite zu legen. Man muss sich ja auch steigern. Naja, warten wir mal ab, was die Kindergartenfreunde so machen. Es gilt ja in erster Linie, dass sich die Eltern gegenseitig übertreffen. Den Kindern ist das weitgehend egal.

„Was wirst du in diesem Jahr für deine Tochter machen? Habt ihr schon Ideen?" wurde ich vor wenigen Wochen in Erwartung einer Einladung gefragt, als der Geburtstag von Krissi näherrückte.

„Nichts." gab ich zurück und erntete einmal mehr einen dieser schiefen Blicke, die ich hin und wieder zu sehen bekomme, wenn wir als Familie nicht unbedingt mit dem nicht immer positiven Strom schwimmen wollen.

„Wie? Nichts?" kam zurück. „Feiert ihr nicht?"

„Doch, wir feiern. Aber ohne spezielle Kinderparty. Unsere Verwandten und Krissis engste Freunde mit deren Eltern werden kommen und wir werden einfach einen schönen Nachmittag zusammen verbringen." „Wann werdet ihr dann einen Kindergeburtstagsevent machen?" wurde ich ungläubig gefragt. „Vielleicht im nächsten Jahr." erklärte ich.

Wir haben auch schon große Pläne für Krissis erste Kindergeburtstagsfeier. Wir werden etwas machen, das die meisten Kinder noch gar nicht kennen und woran sich viele Eltern wahrscheinlich nur noch vage erinnern können. Wir werden gemeinsam zu Hause Kuchen essen, mit 3 oder 4 Kindern zusammen. Und dann werden wir spielen. Topfschlagen. Schokolade auspacken. Bei schönem Wetter einfach in den Garten gehen…Zeit haben… Als Mitgebsel am Ende der Feier werden Erinnerungen an einen schönen Tag mit nach Hause gehen.
Und insgeheim würde ich gerne in die Gesichter der Mamas blicken, die bei ihren Kindern nachfragen, ob sie ihre Mitgebsel-Geschenketüte denn bei Krissi haben liegen lassen.

Klassische Rollenverteilung auf dem oberschwäbischen Lande. Oder: Zuckerbrot und Peitsche

Joe hat morgen Geburtstag. Wir haben viele Leute eingeladen. Das Haus wird voll werden. Wir freuen uns alle schon sehr darauf. Natürlich auch Krissi (5), Ben (3) und Eli (3). Sie freuen sich vor allem auf die vielen Kuchen, die sie dann endlich essen dürfen, obwohl es schon heute im ganzen Haus danach riecht.

Ich weiß, das ist gemein.

Viele verschiedene Versuche werden gestartet.

Krissi: „Mama, wenn ich heute schon ein Stück Kuchen bekomme, dann esse ich auch eine Erbse."

Eine.

Netter Versuch. Guter Tausch. Ich lasse mich nicht erweichen.

Ben: „Mama, ich habe aber sooooo großen Hunger!!" Ich: „Magst du einen Apfel haben?" Ben: „Nein, ich habe Hunger, habe ich gesagt!"

Ich: „Kinder, die Kuchen gibt es doch erst morgen zu Papas Geburtstag. Außerdem sind sie noch gar nicht fertig.” Eli nähert sich mir mit ganz liebevollem Blick, der erahnen lässt, dass auch er dem Kuchenduft in der Küche nur schwer entsagen kann. Ganz schnell haucht er mir mehrere, zärtliche Küsse auf mein Gesicht. „So”, sagt Eli, „das reicht nun. Jetzt aber ganz schnell wieder Kuchen backen.”

Ob dieses klassische Rollenverständnis mit Oberschwabens Luft eingeatmet wird?

Wir haben es ihm jedenfalls nicht beigebracht.

Steine in der Strumpfhose. Oder: Bens Hindernislauf

Wir gehen spazieren. Geschwindigkeitstechnisch schaffen wir Rekordverdächtiges: Innerhalb einer Stunde kommen wir gerade mal eine Straße weiter. Es gibt schließlich vieles zu entdecken. Buntes Herbstlaub, Walnüsse, Kastanien, ein pinkelndes Schaf.

Zwei Schritte vor, drei zurück. Ab und zu auch umgekehrt. Aber es macht großen Spaß, die Faszination der Kinder genießen zu dürfen.

Da es kalt ist, sind wir alle entsprechend warm eingepackt, mit Strumpfhosen, Jeans und sogar die Stiefel sind heute angebracht.

Plötzlich ruft Ben: „Paaaapaaaa!! Da stupft was im Schuh!" Joe zieht Ben kurzerhand den Stiefel aus, findet aber nichts darin. Kurze Zeit später: „Maaaamaaa! Da piekst noch immer was in meinem Schuhu!" Ich ermutige ihn, weiterzugehen, so weit waren wir ja noch nicht gelaufen. Irgendwie ist Bens Gang anders als sonst. „Da sind Steine in meiner Strumpfhose." Ich: „Das kann doch nicht sein. Wie sollen die denn da rein gekommen sein?"

Keine Antwort.

Zu Hause gehe ich diesem Phänomen auf den Grund. Nach wie vor ist in den Stiefeln nichts zu entdecken. Als ich ihm die Strumpfhose ausziehe, kann ich sie nicht nur spüren, die “Steine”, sondern ein sehr verdächtiger Geruch steigt in meine Nase.

Bens Steine Marke Eigenbau….

…festgestampft, mittlerweile mit der Strumpfhose eine Form von Einheit bildend

„Tschät" mit Oma. Oder: Schreiben ist einfacher als malen

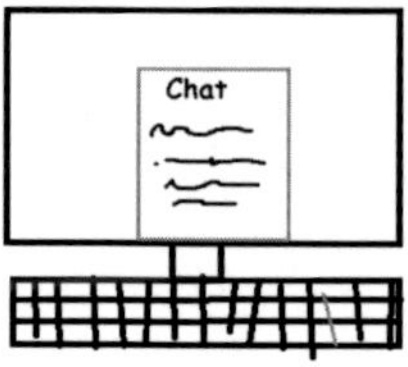

Krissi ist 5. In Worten: fünf. Seit wenigen Wochen. Dass sie seit einem Jahr lesen kann, ist für uns im alltäglichen Leben schon zur Normalität geworden. Ben und Eli lieben es, wenn Krissi ihnen vorliest. Ich im Übrigen auch.

Heute sitze ich an meinem Laptop und schreibe via Facebook im Chat mit meiner Mutter. Krissi: „Mama, ich möchte mal mit Oma schreiben." Fragend sehe ich sie an. „Du kannst ihr ja ein Bild malen, das geben wir ihr dann nächste Woche." „Nein. Ich möchte im Chat schreiben. Weißt du, das was ich schreiben will, ist viel zu schwierig zum Malen." Ich lasse Krissi an mein Laptop. Sie schickt mich weg, sie müsse in Ruhe schreiben.

Heimlich schaue ich ihr über die Schulter.

Folgendes kopiere ich nun einfach hierher:

Ich: Krissi will dir schreiben. (Krissi schreibt unter meinem Zugangsnamen)

Ich: halo oma ich tschäte mit dir

E.H: hallo Krissi

Ich: herzlichen glükwunsch zum gebuorsdag

E.H.: wer hat denn geburtstag?

Ich: du oma

E.H.: oh, das habe ich gar nicht gewusst

Ich: o ja

E.H.: dann dankeschön für den glückwunsch

Ich: daneschön für dn dank

E.H.: bitteschön kleine maus

Ich: kleine oma

E.H.: 

Ich: danke

E.H.: bitte

Ich: 3 herz für dich

E.H.: (schreibt nicht mehr, anschließend erfahre ich, dass ihr PC abgestürzt ist)

Ich: schreibs du nichd oma schreib mirdoch (…)

So wachsen die Kinder von heute mit den neuen Medien auf. Ich bin mir sicher, dass der Zeitpunkt nicht mehr allzu weit entfernt ist, dass ich meine Kinder in manchen Gebieten um Rat fragen muss…

Beim Zubettgehen schaut mich Krissi an und sagt nach dem Abendgebet: „Mama, morgen muss ich unbedingt wieder mit Oma chatten!"

Klopapier-Matsche und Pulli-Fäden. Oder: Schweißausbrüche beim Duschen.

Mit drei kleinen Kindern kann eine eigentlich alltägliche Handlung zur puren Herausforderung werden. Sie muss geplant und sorgfältig durchdacht werden. Duschen gehört auch dazu. Es sei denn, jemand findet folgende Situation irgendwie schön. (Ich nicht…)

Ich stehe unter der Dusche. Es zieht. Ich habe Gänsehaut. Bibber. Schlotter. Ich soll die Duschkabine schließen? Lieber nicht…ich muss die Kinder im Blick behalten.

Freundlich wie Ben nun mal ist, reicht er mir in genau dem Augenblick das Handtuch, als ich das Wasser aufdrehe. Vielen Dank auch.

Ich spüre ein matsch-artiges Gefühl an meinen Füßen. Eli hat das Klopapier fast vollständig abgewickelt und mir in die Dusche "geschenkt". Wie großzügig.

Krissi brüllt wie am Spieß – ich lasse die Brause fallen und renne, mit nassen Füßen über die Fliesen schlitternd aus dem Badezimmer: „MAAAMAAA!! Da ist ein Faden an meinem Puhulliiii!"

Wieder zurück in der Dusche hat mir Ben das Shampoo schon vorbereitet, sprich in der Dusche verteilt. Mit der Flasche in der Hand lächelt er mich lieb und freudestrahlend an: „Hab dir Shampoo schon hergrichtet, Mama."

Zutiefst dankbar ob Bens Mühen spüre ich einen stechenden Schmerz am linken Fuß – Eli lässt sein Spielzeugauto in der Dusche flitzen und es muss irgendwie unter meinen Fuß gelangt sein.

Schnell noch die Spülung aus den Haaren waschen. Trotz der Zugluft durch die geöffnete Dusch-Türe bekomme ich Schweißausbrüche.

Seit einigen Monaten ist das anders. Ungewohnt. Neuland. Erinnerungen an früher. Stille. Nur das Wasser ist zu hören. Geschlossene Duschkabine. Zeit.

Ich vermute fast, die drei sind froh, wenn ich duschen gehe. „Dann haben wir eeendlich mal unsere Ruhe!" stellt Krissi mit abgeklärtem Blick fest und trifft dabei genau meinen Gedankengang. Doch irgendwie ahne ich, dass ich mich beeilen sollte im Badezimmer. Es ist unheimlich ruhig im Haus…

Ben siegessicher. Oder: Galoppierende Feuerwehrautos

Wir haben seit ca. 2 Wochen ein anderes Auto.

Seither sind Autos für Ben und Eli (3) und auch für Krissi (5) noch faszinierender als ohnehin schon. Heiteres Automarken-Raten und das Vergleichen mit ihren Spielzeug-Fahrzeugen sind unsere Begleiter auf allen Fahrstrecken. Die drei machen das richtig gut.

Eli: „So einen Bagger, wie diesen habe ich auch!" Krissi: „Ich hab einen solchen Abschleppwagen bei der Oma!"

Ein Feuerwehrauto kommt uns entgegen, mit Blaulicht und Martinshorn. Ben: „Das sieht so aus wie meins! Nur meines macht immer Galopp! Galopp!" „WIE macht die Feuerwehr, Ben?" frage ich ihn. Nachdrücklich sagt er: „GALOHOPP!" Eli: „Nein, die macht doch tatütata!" Krissi verdreht schon sichtlich genervt die Augen…

Zu Hause angekommen ist es Bens erste Tat, mir sein Feuerwehrauto zu zeigen und somit Beweise für seine These zu liefern. Er drückt den Knopf, auf den das Symbol für die Sirene gemalt ist.

Klack. Klack. Klack. Eindeutig wie Pferdehufe. Die Akkus sind nahezu leer. Aus dem Tatütata wurde ein jämmerliches Klackklackklack.

Und Ben grinst mich siegessicher an.

Tickets in die Zukunft. Oder: Mathe für Fortgeschrittene

Krissi (5), Ben und Eli (3) gehen in den Kindergarten. Da bei uns im Kuhbach ja kein Kindergarten vorhanden ist, fahren sie mit dem Bus in das nächste Städtchen, bzw. nach dem Besuch des Kindergartens wieder nach Hause. Hierfür benötigen wir jeden Monat 3 Fahrkarten.

In der ersten Novemberwoche sind Herbstferien. In den Schulferien fahren bei uns im Dorf keine Busse (!!), also kaufe ich die Fahrkarten erst, als der Monat schon einige Tage alt ist.

„Guten Tag, ich hätte gerne 3 Kinder-Fahrkarten bitte!"

Der Busfahrer drückt angespannt an den Knöpfen seiner Kasse herum. Nach einer Weile sagt er:

„Das macht 12,10 Euro."

„Ähm, ich brauche nicht nur eine Fahrkarte."

„Achja, 4 waren das, nicht wahr?"

„Drei."

„Ja, richtig. Macht 36,60 Euro."

„Fast, ja."

Ich gebe ihm 40 Euro. Ich bekomme drei Fahrkarten und 2,20 Euro zurück. Ich verzichte auf eine weitere Rückmeldung und verabschiede mich freundlich. Schließlich ist er sicher in Eile. Zu Hause schreibe ich die Namen der Kinder auf die Fahrkarten.

Erst jetzt sehe ich, dass ich 3 Dezemberfahrkarten bekommen habe.

Verschollen mit dem Raumschiff. Oder: Odyssee in eine bekannte Fernseh-Sendung

Wir nennen ein Raumschiff unser eigen. Zumindest dem französischen Namen nach, übersetzt man ihn etwas frei. Ein Auto- Raumwunder, in welchem ich unseren Zwillingskinderwagen, als wir diesen noch brauchten (ist ja ein paar Tage her…), ohne dass ich ihn zusammenklappte, als ganzes Stück, unterbringen konnte. Zur ganzen Familie dazu, natürlich. Technisch mit allen Finessen ausgestattet. Dass es nicht im Display angezeigt wird, wann meine Kinder aufs Klo müssen, ist schon fast ein Wunder. Wäre alles toll, wenn es nicht ständig orange-rot aufleuchten würde:

“SERVICE” oder “STOP”!

Erst neulich wieder. Nach dem Termin in der Werkstatt hole ich das Raumschiff ab. Fahre los. Komme nicht weit. Es blinkt.

Es. Blinkt. Rot.

Nicht nur das: Keine Radarkontrolle hätte an mir etwas verdienen können. Denn mein Auto läuft noch ganze 13(!!) km/h. Egal, wie sehr ich aufs Gaspedal drücke. Ich drehe um und fahre (nein schleiche!) zurück.

Nachdem ich nun innerhalb einer Woche schon zum dritten Mal dort aufkreuzen muss, frage ich vollen

Ernstes den Chef des Autohauses, wo die Kameras von "Verstehen Sie Spaß?" montiert seien. Er schaut mich irgendwie komisch an. Ich warte. Nehme das Auto wieder mit nach Hause als der Vorfall behoben schien.

Einen Tag später. Am Abend. Fast identischer Ablauf. Wieder eine Fehlermeldung: ESP defekt. Wo mich mein Weg wohl heute hin führen wird?

Richtig geraten. Und ich warte wieder, bis das Auto fertig ist. Krissi (5), Ben und Eli (3) sind bei Oma und Opa. So habe ich ja Zeit. Was würde ich auch sonst tun… Joe war heute den ganzen Tag unterwegs, er wird sicher auch bald zu Hause sein, geht es mir durch den Kopf.

Da geht die Tür zum Autohaus auf. Joe. Sieht mich nicht und geht auf den Geschäftsführer zu. „Guten Abend. Nachdem ich meine Frau zu Hause nicht angetroffen habe, wusste ich, sie kann nur hier sein. Wo ist sie denn?" Kleinlaut weist er mit seiner Hand auf den Wartebereich:

„Bitte, dort drüben."

Fazit: Wer wissen möchte, wo seine Partnerin oder sein Partner seine Freizeit verbringt, dem empfehle ich den Kauf eines Autos, das den Namen Raumschiff trägt. Leider ist unseres schon verkauft. Seit heute.

Twinesisch für Anfänger. Oder: Was in jedem Zwillingsratgeber fehlt.

Es gibt mittlerweile richtig viele Zwillingsratgeber. Man bekommt viele nützliche Tipps, die schon in der Schwangerschaft darauf vorbereiten können(es aber nicht immer tun…), was mit und nach der Geburt so alles auf einen zukommen wird.

Doppeltes Wickeln. Doppeltes Schreien bei Nacht – wie abgesprochen wechselten sich Ben und Eli damals dabei ab: Kaum war einer ruhig, fing der andere an. JUHU!

Gleichzeitiges Stillen beider Zwillis wird oft als Idylle pur anschaulich an die Frau gebracht… (ich könnte schon beim bloßen Gedanken an meine Versuche schreiend im Viereck laufen…)

So vieles wird bedacht. Aber eines nicht. Ein Sprachkurs. Ich bin ja sprachlich nicht ganz unbegabt, spreche drei Fremdsprachen (schwäbisch auch nicht zu vergessen). Aber ich starte einen Hilfe-Ruf:
Wer übersetzt mir Twin-esisch? Ben und Eli (3) sprechen wirklich sehr gut und haben einen riesigen Wortschatz. Der Kinderarzt war fasziniert bei der letzten Vorsorgeuntersuchung. Sie sprechen aber nach wie vor auch ihre eigene Sprache.

Das kann so aussehen:
Wir sitzen beim Essen. Ben sagt ein paar für uns

unverständliche Wörter. Selbst Krissi reagiert nicht darauf. Eli prustet unmittelbar los, nickt eifrig und gibt ein ebenso fremd klingendes, sprachliches Gebilde an Ben zurück. Dieser kann sich kaum noch halten vor Lachen. Halb zerkauter Bergkäse purzelt aus Bens Mund. Apfelschorle kommt zu Elis Nasenlöchern heraus. Irgendwann beruhigen sie sich wieder. Später frage ich die beiden einzeln: „Was war denn vorhin beim Essen so lustig?" Beide antworten in ähnlichem Wortlaut – wohlgemerkt unabhängig voneinander: „Wir haben uns überlegt, dass wir unsere Schlaf-Bären verstecken. So lange du sie suchen wirst, müssen wir schon nicht ins Bett."

Twinesisch…

Ich sollte ein Wörterbuch schreiben. Twinesisch - deutsch.

Bäuchlings buddeln im Garten. Oder: Ölbohrungen in Oberschwaben

Es ist kalt. Klar, schließlich haben wir Anfang November. Nein. **Hier** ist es kalt.

Hier. Im. Haus. Ist. Es. Kalt!!

„Joe?" Keine Reaktion.

„Johoe??!" „Was gibt´s denn?" „Irgendwas stimmt hier nicht. Es ist kalt und unten an der Heizanlage springt mir das rote Leuchten eines Knopfes irgendwie sehr ins Auge. Da leuchtet doch sonst nie etwas."

Joe eilt in den Keller. „Da ist eine Störung. Mal abwarten, ob die Heizung wieder anspringt." „Und wenn nicht?" „Dann rufe ich die Heizungsfirma an."

Etwa eine Stunde später:

Klick.Klack. Klick. Klack. Klick. Klack. Klick. Tuuut. Tuuuut.

„…ja, gut, dann bis gleich. Ja, es darf nicht wahr sein, ja. (…) Drei kleine Kinder, und keine Heizung…(…) Gut, bis dann. Wiederhören."

Zum Glück kommt der Heizungsfachmann wirklich sehr schnell zu uns. Probiert dies und jenes, schraubt hier und da. Er schaut merkwürdig (sein Blick erinnert mich an ein unterdrücktes Grinsen…) mal mich und mal Joe an. Dann schreibt er uns eine Telefonnummer auf einen Zettel, mit dem Hinweis, dass er uns nicht weiterhelfen könne. Wir sollen es unter der aufgeführten Nummer versuchen.

Joe ruft an. Legt sofort wieder auf. Rennt hinaus. Stochert mit einem langen Stab in der Erde herum, genau dort, wo sich unser Außentank für Heizöl befindet. Schüttelt den Kopf. Stochert noch einmal. Legt sich bäuchlings in den Garten.

„Was ist denn los? Wen hast du angerufen? Und: Was um Himmels Willen machst du da??"

„Die Dame am Telefon meldete sich mit: Ölhandlung Maier. Sie liefern noch heute."

Vitamine raus!!! Oder: Papa Müllschlucker.

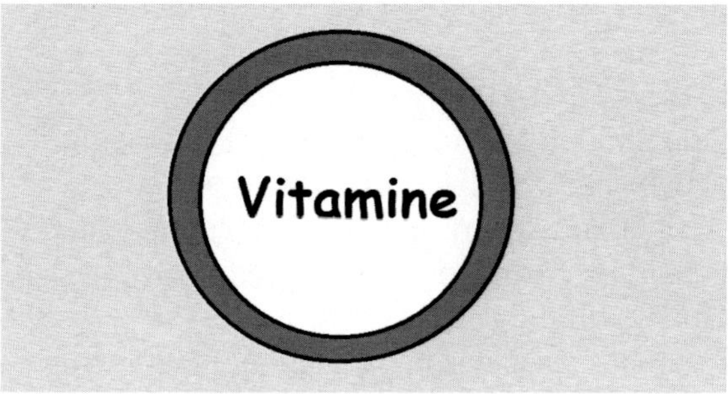

Für ein Kind abwechslungsreich zu kochen kann eine unheimliche Herausforderung sein. Drei Kinder zu bekochen, so dass sie das Ganze auch essen und dass die Zutaten einigermaßen gesund und ausgewogen sind, ist ein Ding der Unmöglichkeit.

Krissi (5) schrieb mir folgenden Wunsch-Speiseplan für die Woche auf:

„Montag: Späzle one Erbsen.
Dienstag: Späzle one Karoten.
Mitwoch: Späzle one alles.
Donerstag: Zur Abwäxlung Nudeln.
Freitag: Nudeln.
Samstag: Pomfriz.
Sontag: Mal wiider Späzle zwischndurch"

Ben und Eli (3) essen gerne Gemüse. Krissi nicht, wie sich dem o.g. Plan unschwer entnehmen lässt. Aber sie hatte heute einen Einfall: „Mama, du kannst so gut kochen. Du kannst dann sicher auch etwas gaaaaanz Besonderes machen! Koch doch einfach Gemüse und lass die Vitamine raus. Dann ess ich es ganz bestimmt!"

„Das ist eine prima Idee! Dann gibt es heute Gemüsepfanne und ich tu einfach keine Vitamine rein!"
Am Mittagstisch stochert Krissi wie erwartet und wie immer in ihrem Gemüse herum, während Ben und Eli essen. Nach ein paar Minuten bittet sie, redegewandt wie sie ist, um einen Apfel.
„Mama, ich möchte, dass der Papa nachher noch genug von der Gemüsepfanne abbekommt wenn er von der Schule heim kommt. Es fällt mir nicht leicht, aber Papa muss oft genug unsere Reste essen. Außerdem habe ich irgendwie das Gefühl, dass da doch noch 3-4 Vitamine reingerutscht sind."

Ich sollte wohl noch üben, Gemüse vitaminfrei zu kochen.

Nervensägen und geparkte Kinder. Oder: Die Schatten der Frau Sonnenschein

Seit Ben und Eli 3 Jahre alt geworden sind, gehe ich wieder arbeiten, obwohl man bei Zwillingen ja 5 Jahre Elternzeit hat. Ich bin in Teilzeit zu 50% im Schuldienst.

Aber:
Ich bin eine unglaublich schlechte Mutter. Zumindest wenn man der Übermutter der Familie Sonnenschein glaubt. Warum sie zu diesem Schluss kommt? Natürlich wegen der Tatsache, dass ich arbeiten gehe. Dabei spielt es für sie keine Rolle, dass in der Zeit meine Kinder sowieso im Kindergarten sind und ich sie vor Beginn meines Unterrichts dort liebevoll in die Obhut der qualifizierten Erzieherinnen gebe und sie nach meinem Unterricht voller Freude wieder dort abhole. Dass Krissi, Ben und Eli sich jeden Tag auf den Kindergarten freuen, ist für Frau Sonnenschein nicht relevant. Es scheint besser zu sein, zu Hause bei den Kindern zu sein und diese dann den halben Nachmittag und dann auch noch den Abend vor dem TV und der Spielekonsole zu parken. Hauptsache, Frau Sonnenschein kann von sich behaupten, rund um die Uhr da zu sein.

Zerbissenes Porzellan. Oder: Weihnachtsdrecklerei

„In der Weihnachtsbäckerei, gibts so manche Drecklerei…"

Naja, so ähnlich lautet wohl das Original. Aber zu uns passt die abgeänderte Version deutlich besser.

Krissi (5), Ben und Eli (3) waren eifrigst mit dabei, als wir die diesjährige Bretla (Übersetzung: Plätzchen) – Backaktion starteten.

Wie in jedem Jahr äußerte ich auch dieses Mal anschließend leise Zweifel an der Sinnhaftigkeit dieses Ereignisses. Zumindest zu dem Zeitpunkt als ich mutterseelenallein in der kreativ gestalteten Küche zurückbleibe…Natürlich hat es bis dato einen riesen Spaß gemacht – nicht nur den Kindern. Aber nun…sitze ich mit dem Putzlappen auf dem klebrigen, vermehlten Fußboden…Die Luft in der Küche ist puderzuckergeschwängert. Schokoglasur klebt – mittlerweile abgekühlt und wischfest – an allen möglichen und unmöglichen Stellen auf der Arbeitsplatte.

Um die Kinder in Sachen Selbstständigkeit zu fördern, durften sie das meiste eben auch selber machen. Besonders beliebt war das Aufschlagen der Eier. Als die Post an der Tür klingelte, beging ich einen großen

Fehler….: Ich verließ die Küche, um die Haustüre zu öffnen.

In kürzester Zeit waren die 10 Eier "verarbeitet". Als ich zurück kam, waren die drei damit beschäftigt, die schlonzige Eier-Masse gleichmäßig zu verteilen.

„Wir haben schon mal angefangen, Mama. Sind wir nicht fleißig?" sagte Eli stolz und mit seinem charmantestem Lächeln und funkelnden Augen. (Wer könnte da jemals sauer sein?)

Sie haben wohl die Teigschüssel nicht getroffen… Eier auf der Herdplatte und der Arbeitsplatte. Die Schubladen des sich darunter befindenden Küchenschrankes waren (natürlich…) offen und ideale Fänger für zähflüssige Eiweiß-Straßen, die sich zwischen den Küchenutensilien in den Schubladen genüsslich ausbreiteten. Dabei wurde jede auffindbare Ritze genutzt. Welche Freude!!

Wie ein idyllisches Bächlein, an einen kleinen Wasserfall erinnernd, liefen die Fäden so abwärts bis sie sich auf dem Fußboden mit den Mehlresten vereinten.

Nachdem ich gefühlte Stunden später die Küche wieder in ihren ursprünglichen Zustand gebracht habe, verkündet Krissi ihrem Papa:

„Ich mag am liebsten die Porzellan-Plätzchen!" Joe sah sie fragend an. Mutig probierte er eines davon.

Marzipan – nicht Porzellan, liebe Krissi .

Katzen in Flammen. Oder: 162 Jahre später…

„Wir sagen euch an den lieben Advent….” So hört man es heute an vielen Orten. Aus vielen Kirchen und vielen Häusern klingt das Lied auf die Straßen.

Den Brauch des Adventskranzes gibt es schon seit 1839. Johann Wichern hat ihn damals eingeführt, um die Weihnachtszeit für die Kinder etwas zu gliedern.

Es ist höchste Zeit, dass sich die äußeren Gegebenheiten nun nach 162 Jahren endlich verändern.

Zumindest sieht Ben (3) das so.

Seine Version:

„Wir sagen euch an den lieben Advent.

*Sehet, die zweite **Katze** brennt…*“

Auch später am Telefon erzählt er seiner Oma: *„Duhu, Oooma, Mama hat zwei **Katzen** angezündet!!”* Joe: „Das heißt Kerze, Ben.” *„Ich kann aber noch nicht Kääärze saaaageeeeen!!”,* mit dem Telefon an seinem Ohr löst Ben Omas Verwunderung über meine angebliche Tierfeindlichkeit zum Glück auf.

„O stille mich, du Fröhliche!” Oder: Das fehlte noch!

Diese wundervolle Aufregung und Vorfreude sind spürbar. Und ich fühle mich an meine Kindertage zurückerinnert. Gab es etwas Spannenderes, als der Tag und dann die Stunden vor Heilig Abend?

Ben: „Wie macht das Christkind das mit den Geschenken?” Genau diese Frage habe auch ich mir gestellt, 30 Jahre zuvor. Und wie ich damals, so singen Krissi (5), Ben und Eli (3) nun fast den ganzen Tag über Weihnachtslieder, in allen möglichen Varianten.

Nicht immer sind sie so textsicher, bzw. das eine Lied wird mit dem anderen völlig nahtlos vermischt. So ist aus dem Kinderzimmer folgendes zu vernehmen, und ich bin froh, dass dies nicht mir gilt:

„O stille mich, du Fröhliche!”

Weihnachtliche Heimlichkeiten. Oder: Besinnliche Geschäfte in der Windel

„Dicke, rote Kerzen,

Tannenzweigeduft.

Und ein Hauch von Heimlichkeiten

liegt jetzt in der Luft.

Und das Herz wird weit.

Macht euch jetzt bereit.

Bis Weihnachten, bis Weihnachten

ist nicht mehr weit.”

Ein schönes Lied. Keine Frage. Aber dennoch reagiere ich mittlerweile sehr sensibel darauf, bin geradezu in Alarmbereitschaft, wenn Ben dieses zum Besten gibt.

Ich weiß nicht warum, bzw. was er damit verbindet (vielleicht sollte ich mal nachforschen…), aber immer wenn er es am Abend singt, ist er wahrzunehmen, der etwas andere Duft, in der Luft. Auch Heimlichkeiten. Denn Ben zieht sich meist dabei zurück.

Da er kurz vor Schlafenszeit schon eine Windel trägt (nachts brauchen Ben und Eli noch eine Windel), sucht er für sein besinnliches Geschäftchen nicht die Toilette auf.

Und dann: Ben singt. DAS Lied. Für mich das Zeichen, seine Windel zu erneuern

Per Kinnhaken in den Kochtopf. Oder: Vertrauen ist gut…

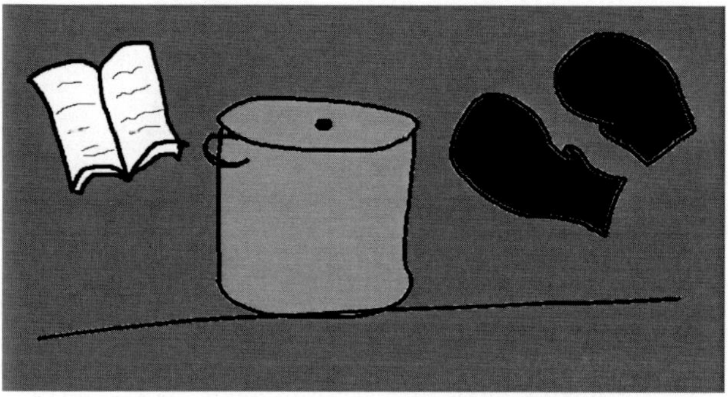

Es ist schon praktisch: Zu Weihnachten über ein bekanntes Internet-Versandportal ein Geschenk bestellen, dem Trubel in der Stadt somit geschickt ausweichen und beim Stöbern sogar gemütlich einen Kaffee trinken.

Hin und her klicken und ~~hoffentlich~~ bestimmt das Richtige finden.

So habe ich das auch in diesem Jahr gemacht. Für eine Freundin wollte ich schon lange ein ganz bestimmtes Kochbuch. Tina kocht leidenschaftlich gerne. Und genau dieses Buch fehlt ihr noch in ihrer Sammlung. Dieses Jahr Weihnachten sollte die Gelegenheit sein, ihr das zu schenken. Ich war selbst beim virtuellen Einkaufen voller Vorfreude und stellte mir Tinas Gesicht beim Auspacken vor.

Die Zeit war etwas knapp, so ließ ich das Kochbuch gegen einen kleinen Aufpreis verpacken und direkt zu Tina nach Hause schicken. Klappte alles prima.

Gestern rief sie mich an.

„Uuuund?" fragte ich.

„Alles bestens!" erwiderte Tina. Etwas verhalten bedankte sie sich für das Buch.

„Ich hoffe, du hattest es dir zwischenzeitlich nicht selbst gekauft?" fragte ich wegen der nicht eingetretenen, erwarteten, freudigen Reaktion. „Nein", sagte sie leicht belustigt, „DAS Buch hatte ich in der Tat noch nicht."

Aus dem Geschenk kam statt des Kochbuches „Boxen basics: Training-Technik-Taktik"zum Vorschein.

Kontrolle wäre wohl besser gewesen

Orkan über Oberschwaben. Oder: Undichte Fenster?

Orkantief *Joachim* soll kommen. Er war und ist auch in den Medien präsent. Und macht nicht Halt vor uns. Schon gestern war *Joachim* für Krissi, die ja Wetterberichte und Wettergeschehnisse liebt, DAS Thema des Tages.

Krissi: „In der Zeitung steht, dass der Sturm Teile wegpusten kann!"

Während unsere Nachbarn schon seit einem Tag (!) vorsichtshalber alle Rollläden am Haus runter gelassen haben, geht Krissi immer wieder ans Fenster und schaut nach dem aktuellen Stand der Dinge.

„Der Wind wird stärker!" ruft sie und steckt damit auch ihre Brüder an. „Der wirbelt ja alles durcheinander! Äste, Blätter, alte Zeitungen!"

Da wir am Abend die Kinder noch baden wollen, was bekanntlich eine ganze Weile dauert, starten wir die tägliche Aufräumaktion in den Kinderzimmern etwas früher als sonst.

„Hier sieht es ja wieder gut aus.” gebe ich ob dem kreativen Chaos von mir. Ben: „Wie kann das sein? WIR waren das nicht!”

Eli: „Der *Joachim* muss aufräumen, der hat unsere ganzen Spielsachen im Zimmer rumgeschmissen!

Ferkel mit Nutella. Oder: Halbschlaf-Taten

Ich hatte es mir fest vorgenommen, und dennoch vergessen vor lauter Bügelwäsche, die versuchte, mir zu entkommen…doch ich gewann. Immerhin in dieser Disziplin.

Ich wollte gestern Abend für das heutige Frühstück selbst gebackene Brötchen aus dem Gefrierschrank nehmen und über Nacht auftauen lassen. Wie gesagt: Genau das tat ich nicht. In der Nacht gegen 2 Uhr fiel mir das wieder ein. Raus aus dem Bett, ab in die Küche. Brötchen aus dem Kühler. Zurück ins Bett.
Um 6 Uhr bereite ich das Frühstück zu. Die Handgriffe sitzen, es läuft jeden Morgen gleich ab. Während der Kaffee durchläuft, gebe ich das Brot in den Brotkorb. So auch heute. Zumindest das, was ich in der Nacht aufgetaut hatte…

Bei uns gibt es heute Spanferkel zum Frühstück. Mit Nutella.

Hilfsbereite Küken. Oder: Oma in Einzelteile zerlegt

Unsere Oma ist bekannt dafür, dass sie allem Neuen gegenüber sehr aufgeschlossen ist. Ja, wir haben eine moderne Oma. Zum Beispiel hat sie seit langem einen Facebook-Account.

Aber nun ganz aktuell gibt es wieder Anlass für Neuigkeiten, die Eli (3) natürlich umgehend und ganz cool seinen Kindergarten-Kollegen zukommen lassen muss.

Voller Stolz verkündet er: „Meine Oma muss dieses Jahr mit KÜKEN auf den Weihnachtsmarkt gehen, weil bei ihr der Fuß abgebrochen ist."

Alternativen Therapieformen (und resultieren diese auch nur aus einem fehlenden Buchstaben) sollte man wohl immer offen gegenüber stehen.

Rendez-vous im Badezimmer. Oder: Angeschmiert!

Es gibt zeitweise ~~für die Kinder~~ nichts tolleres und interessanteres, als mich zur Toilette oder ins Badezimmer zu begleiten. Irgendwie scheint das eine gewisse Faszination auszuüben. Nicht nur auf Krissi (5), die ab und an schon einmal darauf besteht, anlässlich eines Besuches bei Oma und Opa Lidschatten zu verwenden.

Nein, auch Ben und Eli (3) suchen gerne meine Nähe, wenn ich mich bzw. mein Gesicht für den Tag vorbereite. So sind ihnen dieser tägliche Ablauf und die einzelnen Schritte im Badezimmer bestens vertraut.

Ich beginne mich zu schminken. Eli schaut etwas kritisch: „Was machst du da nun?" „Das heißt 'schminken'."

Ben holt zwischenzeitlich meine Wimperntusche aus der Schminkschublade und hält sie mir entgegen: „Mama, und wann brauchst du diesen Schmierer?"

Fertig „angeschmiert" mache ich mich auf in den neuen Schultag.

Englisches Bier her! Oder: Peinliche Neujahrswünsche…

Was war das für eine Nacht! Die Kinder gingen zu Bett wie sonst auch: 19.15Uhr. Aber natürlich wussten sie, dass Silvester war.

Krissi (5) geisterte bis 22Uhr unter den kuriosesten Vorwänden im Haus herum und besuchte uns des öfteren im Wohnzimmer.

Um 22.30Uhr sehnte ich mich nach meinem Bett, weil ich (seit über einer Woche erkältungsgeplagt) unheimlich müde war. Aber ich hielt durch!

Pünktlich um 23.45Uhr meinte Eli (3), ohne seinen Papa nicht mehr schlafen zu können.

10…9…8…7…6…5…4…3…2…1…

PROST NEUJAHR!!

Und da saß ich dann mit meinem Glas Sekt,

mutterseelenallein

und prostete dem Christbaum zu. Wartete dann bis 1Uhr auf Joe, der aber bei Ben und Eli im Zimmer eingeschlafen war…

Ich ging schlafen.

Um 2Uhr kam Krissi mich im Schlafzimmer besuchen. „Wann wird denn endlich geschossen? Hab ich das etwa gar nicht mitbekommen?"

Nein, um Mitternacht schlief sie selig. Dafür war sie nun wach. Bis 4Uhr. Dann schlief sie in meinem Bett ein. Ich trug sie nach oben und durfte bis 7Uhr schlafen:

„Ich will frühstücken! Ich hab sooo HUUUNGER!", weckte mich Ben "sanft".

Das verspricht ein heiterer Tag zu werden…so lautete wohl mein erster Gedanke des neuen Morgens. Nach dem Frühstück nichts wie raus an die frische Luft. Das sorgt für Abwechslung und hilft müden Geistern.

Wir begegnen prompt unserer Nachbarin, Frau XY, natürlich. Wohl erzogen (!) wissen Krissi, Ben und Eli, dass man anderen ein gutes neues Jahr wünscht. Ben geht auf Frau XY zu und sagt etwas, das klingt wie:

„Däppi hol Bier!"

Frau XY schaut ~~entgeistert~~ etwas merkwürdig. Wo ist das Loch, in das ich versinken kann??? „Happy new year sollte das heißen", füge ich schnell an.

Vorsatz für das neue Jahr: Entweder englische Wörter vermeiden oder diese besser üben!

Männer sind keine Menschen. Oder: Tierische Ordnungen.

Ben und Eli (3) lieben es derzeit, zu Oberbegriffen passende Wörter aufzuzählen. Auch Krissi (5) macht dabei gerne mit, vor allem dann, wenn ihre beiden Brüder nicht mehr weiter zu wissen scheinen. Das Thema "Tiere" steht heute an. Abwechselnd nennen Ben und Eli diverse Tiere, die sie kennen.

„Ochs!"

„Hase!"

„Hirsch!"

„Affe!"

„Katze!"

„Elefant!"

usw. usw. usw.

Plötzlich entsteht eine Pause. Dann fällt Eli ein:

„Ben!"

Krissi als ältere, erfahrenere Schwester weiß natürlich sofort: „Oh neihein! Ben ist doch ein Mehensch!!!"

Ben verdreht die Augen und korrigiert mutig seine große Schwester:

„Ich bin doch kein Mensch! Ich bin ein MANN!"

Stehauf-Fräulein. Oder: Doppeltes k.o.

Man kennt sie ja, die berühmten Stehaufmännchen. Nichts kann sie umhauen. Und wenn, dann kommen sie nur kurz ins Taumeln. Stehen wieder auf, wie der Name schon verrät.

Als Zwillings- bzw. Mehrfachmama empfiehlt es sich, sich das Stehaufmännchen zum Vorbild zu nehmen.

Stehauf-Fräulein.

Ich bin gleichzeitig mit Bronchitis und Angina gesegnet, und dennoch 24h gefordert. So hat man gar keine Zeit, krank zu sein. Und irgendwie werde ich das Gefühl nicht los, genau aus diesen gegebenen Umständen schneller zu genesen. Ich werde gebraucht.

Hochwasser im Badezimmer. Oder: Wenn Zwillinge synchron pinkeln

Der Badetag ist immer wieder ein Highlight - für die Kinder.

Für mich hingegen bedeutet das Action pur, Hochwasser im Badezimmer, von der Decke tropfendes Wasser, Überschwemmung überall da, wo es nicht sein sollte.

Jedes Mal ist eine Grundreinigung des Badezimmers angesagt. Auch heute sind Ben und Eli (3) wieder eifrig dabei, das Element Wasser planschend und spritzend im ganzen Raum zu verteilen.

Da ich wie immer natürlich dabei bin, überlege ich mir zum gefühlten 578. Mal, ob ich in Zukunft nicht entweder Regenkleidung oder doch eher den Bikini anziehen sollte, wenn ich die Kids bade.

Als ich gerade hin und her überlege, schauen sich Ben und Eli vielsagend an. Einen Augenblick später stehen sie wie auf Kommando in der Wanne auf.

Und pinkeln parallel.

Auf den Fußboden!

Ich nehme an, dass sich mein Gesichtsausdruck entsprechend veränderte, und als ich gerade ansetzen wollte, strenge, kluge Worte verlauten zu lassen, unterbricht mich Eli postwendend und sagt mit einer vollkommenen Unschuldsmine:

„Aber Mama, du hast doch gesagt, wir dürfen nicht ins Wasser pinkeln!"

Was habe ich doch für gehorsame Kinder…

Backpapier Bolognese. Oder: Bei Anruf Mampf!

Heute sollte es zum Abendessen mal wieder etwas anderes geben. Normalerweise essen wir am Abend kalt. Doch heute bereitete ich Blätterteige vor, um diese in mehreren Varianten und durch verschiedene Füllungen für die unterschiedlichen Geschmäcker unserer Familienmitglieder darzubieten.

Zumindest hatte ich das so geplant. Nicht immer kann man seine Planungen auch exakt so durchführen wie vorgesehen. Das Telefon klingelt. Ich begehe wieder einmal mehr den Fehler, ran zu gehen. Ganz kurz. Ich komme in die Küche zurück. Eli muss Hunger gehabt haben. Denn da steht er an der Arbeitsplatte, auf welcher ich den Blätterteig auf Backpapier gelegt hatte. Nicht nur der rohe Teig fehlt in großen Teilen…

Auch das Backpapier, in welchem ganz deutlich und halbkreisförmig mehrfach die Abdrücke Elis Gebisses zu sehen sind.

Guten Appetit.

Blutiger Schuhsalat. Oder: Aschenputtel lebt!

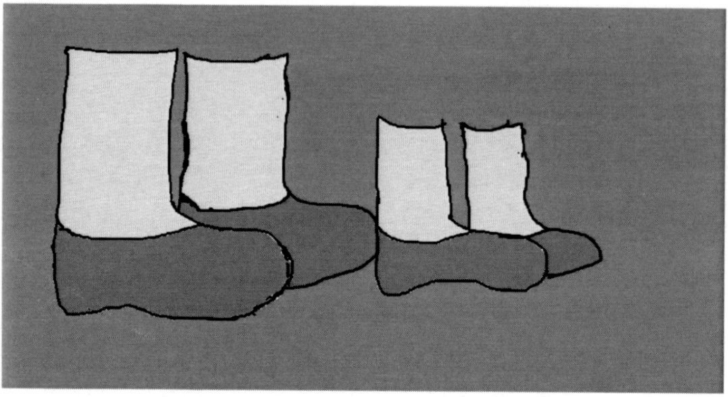

Auch wenn es kaum zu glauben ist, ist es dennoch knallharte Realität.

Es ist schließlich nicht leicht, in der heutigen Zeit eine echte Prinzessin zu werden bzw. sich einen richtigen, blaublütigen, reichen Prinzen zu angeln.

Hier in Oberschwaben scheint doch tatsächlich jemand genau dies anzustreben. Und davor möchte ich heute und hier eindeutig warnen. Denn diese Gestalt greift zu dubiosen Mitteln, die nicht immer zwangsläufig zum Erfolg führen müssen.

Zudem hat diese Person eindeutig zu oft Aschenputtel gelesen oder auch vorgelesen bekommen (was wenigstens im pädagogischen Sinne wertvoll wäre…).

Es geht jemand um. In der Ballettschule unserer Tochter Krissi.

Nach der Ballettstunde vergangener Woche suchte Krissis Ballettfreundin vergeblich ihre Winterstiefel. Nichts.

Naja. Stimmt nicht ganz. In der anderen Ecke der Umkleide standen die gleichen Stiefel. Aber nicht dieselben. Denn sie unterschieden sich in einem Punkt. Ansonsten sahen sie exakt gleich aus. Zwillingsstiefel sozusagen. Krissis Freundin trägt Schuhgröße 28. Diese waren Größe 33. In Worten: Dreiunddreißig.

D R E I U N D D R E I ß I G.

28+5=33

Es ist doch tatsächlich eine Person mit Schuhen nach Hause gegangen, die 5 (!!) Nummern zu klein waren.

„Ruckedicku.Ruckedicku.

Blut ist im Schuh.

Der Schuh ist zu klein.

Die rechte Braut sitzt noch

daheim."

Grüner Brief. Oder: Kultur im Eimer

Wir leben sehr gerne hier in unserem Dorf Kuhbach.

Immer Anfang des Jahres erscheint für unser Dorf ein Veranstaltungskalender.

Voller Spannung erwartete ich einen solchen auch in diesen Wochen. Heute war er im Briefkasten. Ein DinA4-Blatt in Aufmerksamkeit weckendem Grün.

Erstaunlich gefüllt.

So viel ist bei uns los?

Beeindruckt und gebannt beginne ich den Plan zu studieren. Und ich fange noch mal oben an. Zähle durch.

Knapp die Hälfte aller „Veranstaltungen" beinhalten zu erteilende Abfuhren:

- *Gelber Sack*
- *Blaue Tonne*
- *Sperrmüll*
- *Hausmüll*

Kulturschock im wahrsten Sinne des Wortes.

Wenn Menschen zu Käse-Laugen-Stangen mutieren. Oder: Déjà-vu im Himmel.

Es gibt Momente, da fühle ich mich meiner eigenen Kindheit plötzlich so unglaublich nahe. Ein Déjà-vu sozusagen, das ich der Wissbegier meiner Kinder, verdanke.

„Mama, was ist wenn man gestorben ist?" werde ich von Eli gefragt und sein Blick verrät mir, dass ihn das ernsthaft interessiert. „Dann kommt man in den Himmel, wie Gianni, Omas Kater, der ist im Katzenhimmel." „Aber Menschen werden doch beerdigt wenn sie gestorben sind. So wie Opa Rudolf.", verbessert mich Krissi mit kritischem Blick. „Ja, das stimmt schon. Das ist nur der Körper. Die Seele kommt in den Himmel.", höre ich mich sagen und glaube fast, meine Mutter sprechen zu hören.

Und mir fällt unmittelbar ein, wie ich mir als Kind die Seelen im Himmel vorstellte.

Nur einen winzigen Moment später meldet sich Eli zu Wort:
„Das ist ja cool!!"
Ben ergänzt eifrig: „Geil und cool!"

Ich sehe die beiden fragend und zugleich vorsichtig ahnend (déjà-vu!!) an.

„Das muss ich mir unbedingtlich anschauen!" sagt Ben.
„Ich auch! Hoffentlich fliegen da auch Käse-Laugen-Stangen und Brötchen herum!" meint Eli.

Ich folge der kindlichen Logik sofort, weil ich vor ca. 30 Jahren genau dieses Bild auch vor Augen hatte.
Hier im süddeutschen Raum existieren neben den armen, menschlichen Seelen noch solche, unter dem selben Wort, als sehr leckeres Gebäck, mit Salz und Kümmel bestreut.

Urlaub in der Schule. Oder: Mit dem Hintern im Klo.

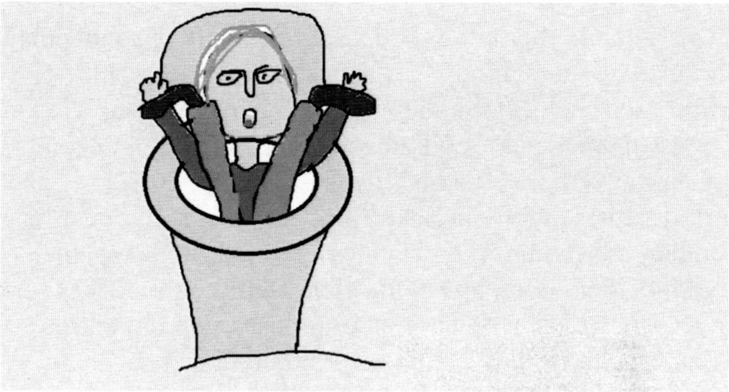

Wenn man einen verantwortungsvollen Beruf ausübt, kann so manches schief gehen. Irgendwelche Dinge werden nicht zeitgerecht erledigt, Abgabetermine verpasst, Aufträge platzen, die Konkurrenz triumphiert einmal mehr, Präsentationen werden in den Sand gesetzt, Pausen überzogen (natürlich wird man vom Chef ertappt…) usw.

Was ist das schon?

Wenn du zu Hause nicht rund um die Uhr aufmerksam bist wie ein Luchs, steckt dein Kind mit dem Hintern im Klo, Arme und Beine zeigen nach oben, es lässt die Tür des Gefrierschrankes über Stunden offen oder verzieht sich in dein Arbeitszimmer, um aus wichtigen Unterlagen mangels diesjährigen Winters selber Schneeflocken in Reißtechnik herzustellen.

Super ist es, wenn es sich dabei nicht um EIN solches Exemplar der Gattung Aktenvernichter handelt, sondern um DREI.

Aber auch in meinem Job als Lehrerin geht es manchmal so zu, als lebte man in einer anderen Welt. Ich schlichte Streit zwischen Eltern, die sich aus unerfindlichen Gründen wegen eines Glätteisens in den Haaren liegen. Ich fange verbale Geschosse aus der untersten Schublade auf, die quer durch die Schulflure geworfen werden. Ich renne wochenlang irgendwelchen Heften hinterher, die letztlich dann doch im schulischen Bermudadreieck mysteriös verschwinden. Ich kümmere mich um teure Winterjacken, die niemandem gehören und wohl auch nirgendwo zu Hause vermisst werden.

Wenngleich dies den heimischen Aktivitäten zum Teil verdächtig ähnlich zu sein scheint, gibt es doch den einen oder anderen Unterschied:

1. Ich werde dafür bezahlt.

2. Irgendwann habe ich Schulschluss und kann die Tür hinter mir zu machen.

Und so freue ich mich auf den Dienstag, denn da beginnt für mich die Schulwoche.

Ganz besonders sehne ich mich danach, wenn der Montag einer dieser Tage ist, an dem alles und nichts passt.

Wenn keiner der drei aufräumen will, weil die Memory-Kärtchen im Wohnzimmer „viel schöner aussehen als der langweilige Parkettboden”.

Wenn vom frisch einsortierten Kleiderschrank nur noch gähnende Leere übrig ist, weil heute „unbedingt eine Modenschau” sein musste.

Wenn einer der Zwillinge den anderen schminkt, „weil ja Fasching ist”, und dabei die Faschingsschminke mit Eddingstiften verwechselt.

Ist die Schule aus, freue ich mich wieder umso mehr auf meine liebe, freche Rasselbande zu Hause und ich beeile mich extra, ganz schnell nach Kuhbach zu fahren!

Pizza wächst im Garten. Oder: Winterfreuden in Oberschwaben

Wenn man so durch die Gegend spaziert, hier in Kuhbach, kann man wirklich interessante Entdeckungen machen.

Aber nicht jeder, sondern nur diejenigen, die sich bei tagsüber zweistelligen Minustemperaturen hinaus ins Freie trauen.

So sieht man Fische im Rasen, zwischen Grasspitzen und angewehten Schneeresten. Pommes sprießen zwischen den Nadelbäumen, als hätten sie nie etwas anderes getan. Hähnchenschlegel ruhen sich auf der Terrasse aus. Pizzas liegen am Rande eines Gartenweges, als wären sie dort festgewachsen.

Wieder zu Hause, schmeiße ich schnell Kroketten, Erbsen, selbstgemachte Spätzle und Lasagne zur Terrassentüre hinaus.

Es ist die Zeit gekommen, Gefrierschränke und –truhen abzutauen und zu enteisen.

Wie praktisch, wenn man als Ersatzlagerstätte die Natur nutzen kann!

Zwei Minuten Vorsprung. Oder: Die Bitten eines Säuglings

Ben und Eli sind bekanntlich Zwillinge. Sie haben vieles gemeinsam, hatten die ersten 9 Monate - na, sagen wir 8 Monate - eine gemeinsame Bauchwohnung, hatten es ganz eilig und wollten alle beide 4 Monate zu früh zur Welt kommen. Sie beschlossen nach gutem Zureden und weiteren Maßnahmen, nur 6 Wochen zu früh fristlos ihre Wohnung zu kündigen.

ABER:
Es gibt einen wesentlichen Unterschied zwischen den beiden:

Ben bat Eli (zu dem Zeitpunkt beide 3 Jahre alt) um ein Spielzeug.

Eli wies ihn zurecht: „Du musst BITTE sagen, wenn du etwas haben möchtest."
Ben erklärte in überlegen wirkender Manier: „Nein, ich hab in meinem Leben schon so oft „BITTE" gesagt. Ganz besonders in den 2 Minuten, die ich vor dir auf der Welt war."
Wäre interessant zu wissen, was dieses Bitten beinhaltete.

Ertappt beim flotten Dreier. Oder: Wann ist ein Mann ein Mann?

Es ist mal wieder einer dieser Tage, den man aus dem Kalender streichen möchte, oder den man, fluchtartig in eine andere Zeit hüpfend, hinter sich lassen möchte.

Nachdem wir hier in der letzten Zeit das Krankenlager hätten ausrufen können, tanke ich gerne noch etwas Kraft, denn die Reserven sind aufgebraucht.
Ich liege mit Ben und Eli (3) im Ehebett und wir haben es einfach so richtig gemütlich. Alle genießen es.

Das Telefon klingelt. Da die Zwillinge mittlerweile auch sehr gerne telefonieren, entbrennt natürlich sofort ein heißer Wettlauf zum Nachttisch, auf welchem der Ruhestörer liegt.
Ben siegt und meldet sich: „Ja, hallo?"
...
„Ja, ich bin Ben."
...
„Nein, meine Mama kann nicht ans Telefon kommen."
...
„Nein, das geht gerade im Moment nicht. Meine Mama liegt mit zwei Männern im Bett!"

Pause.

„Hallo?"

Pause.

„Mama, deine Kollegin hat einfach aufgelegt.”

Ich freue mich sehr auf meinen nächsten Arbeitstag, denn Ben weiß nicht, welche meiner Kolleginnen am Telefon war.

Fünfzighunderteinhalb Zentimeter in Richtung Freiheit! Oder: Führerschein mit 3!

Unsere täglichen Elternpflichten wahrzunehmen bedeutet u.a. Grenzen zu setzen bzw. Regeln konsequent einzufordern. Dass dies nicht immer auf promptes Hurra und Willkommen stößt, wird immer wieder offensichtlich. Aufräumen ist z.B. so ein Thema. Bevor ein Spiel nicht weggeräumt ist, darf kein neues aus dem Schrank genommen werden.

So denken wir uns das zumindest. Eli (3) sieht das etwas anders.

„Dann geh ich sofort zu meiner Oma!", beschließt er. Oma wohnt 30km entfernt.

Ben schließt sich zwillingssolidarisch an und nickt inbrünstig und möchte sofort seine Sachen packen.

Krissi (5) sagt nach kurzem Nachdenken mit ihrem intelligentesten Blick (den hat sie echt drauf!): „Da wirst aber zu Fuß schon ein paar Jahre unterwegs sein."
„Ach! Ist das länger als fünfzighunderteinhalb Zentimeter?" will Eli wissen.

Krissi: „Mit dem Auto ist es nur eine halbe Stunde!" Eli wird zusehends unruhiger, er denkt über weitere Maßnahmen nach.
„Mennometer! Ich. Habe. Doch. Keinen. Führerschein!"

Denkpause

„Mama! Maaaaamaaaa!!! Ich brauche endlich einen Führerschein! Wo kann man den kaufen? Im Führerscheingeschäft?"
„Da musst du noch ein paar Jährchen warten, und dann musst du in die Fahrschule gehen", versuche ich zu erklären.
„Hm, wie oft muss ich noch schlafen?"
Ich hole den Taschenrechner.
14,5 Jahre ungefähr…
„5292 Mal, Eli."
Er strahlt über das ganze Gesicht.
„Boah, coolio! Und dann fahr` ich zu Oma, wenn ich meine Puzzleteile nicht aufräumen will!"
Ben nickt weiter, er hat mittlerweile schon seine Mütze und die Handschuhe angezogen und seine großen Augen zeugen von Begeisterung!
Ich werde euch ganz sicher in 5292 Tagen an euer Vorhaben erinnern, Ben und Eli.

Von Heiligen und Unterhosen. Oder: Überlebens-Tipp für Doppelpack-Eltern.

Hier in der überwiegend katholisch geprägten Gegend Oberschwabens ist der Namenstag zum Teil noch ein richtiger Feststag. Als ich selber noch Kind war, hatte der Namenstag die gleiche Wichtigkeit, wie der Geburtstag. Gäste kamen, es gab Geschenke, und man stand einen Tag lang im Mittelpunkt. Als kleine Erklärung: Hinter jedem Namen steht ein Heiliger, der an einem bestimmten Tag im Jahr gefeiert wird. So hat jeder einmal im Jahr Namenstag. So auch Eli in den letzten Tagen. Wir feiern dies nicht so groß, wie einen Geburtstag, aber der Namenstag ist dennoch ein besonderer Tag.

Nun gibt es aber ein Problem: Ben und Eli haben an verschiedenen Tagen Namenstag, weil sie ja verschiedene Namen tragen.
Das. Geht. Gar. Nicht. GAAAAAR. NICHT!

Gedanklich spule ich das Band des Lebens 3,5 Jahre zurück
trrrrrrrrrrrrrrr
„Herzlichen Glückwunsch, auch der zweite Junge ist da!”, höre ich den Chefarzt sagen. „Wie soll er denn heißen?”
„Auch Ben natürlich!”, antworte ich.

Ben und Ben. Ben Eli und Ben Eli. Oder doch Eli und Eli. Eli Ben und Eli Ben.

Wie kann man Zwillingen nur unterschiedliche Namen geben? Was hätte ich mir ersparen können? Zeter und Mordio! Sodom und Gomorrha.

„Ihich wihill ahaber heute auhauch Namenstag haben, wiehie meihein Bruhuhudäääär!"
„Ben, du hast im Dezember Namenstag, dann feiern wir auch schön.", versuche ich zu erklären.

Mit Betonung auf „versuche". Ben lässt sich kaum beruhigen. Das ist ja auch schwer für einen Zwilling, nicht mit seinem Bruder gemeinsam gefeiert zu werden, wo doch alles sonst immer gleich sein muss. Sogar die Unterhose. Täglich.

Zu guter Letzt bringt Krissi ihre Wünsche an: „Du Mama, ich könnte doch auch Eli heißen, oder? Wenigstens für heute!"

An zukünftige Mehrfach- bzw. Zwillingseltern: Geben Sie Ihren Zwillingen identische Namen, oder erfinden Sie den Namenstagskalender neu.

So wie wir. Ben und Eli haben nun jeweils2 Mal im Jahr Namenstag. Und sind wieder mega glücklich.

Und wir auch!

Gespenster in Hausschuhen. Oder: Spukender Lieferservice.

Ben und Eli (beide 3) teilen sich ein Zimmer. Beim Zubettgehen am Abend nutzt Ben es gerne aus, dass sein um 2 Minuten jüngerer Bruder etwas ängstlicher ist als er selbst. Ben würde es vermutlich umgekehrt formulieren: „Ich bin viel mutiger als Eli."

Kaum haben Joe und ich am Abend nach unseren eigentlich ruhestiftenden Ritualen das Zimmer verlassen, erklärt Ben seinem Bruder verheißungsvoll flüsternd:
„Pass auf!! Gleich kommt ein Gahaist!!!"
Eli daraufhin: „Nein!! Es gibt keine Gespenster!"
Ben wieder flüsternd: „Dohoch!!"

Nach einigem Hin und Her ist Ruhe. Ich selbst nutze diese Zeit, um etwas zu entspannen. Gerne auch mal mit einer Gesichtsmaske, die ja einige Zeit einwirken muss.

Zehn Minuten später ruft Ben nach mir:
„Ich möchte noch einen Schluck Wasser trinken!"

Ich eile die Treppen hoch, damit er mit seinen ziemlich laut geäußerten Wünschen Eli und Krissi (5) nicht weckt. Ich gehe zu ihm ins Zimmer, lasse die Tür zum Flur offen stehen, so dass ich Ben sehen kann und er mich.
Ich gebe ihm zu trinken. Irgendwie schaut er mich merkwürdig an. „Schlaf schön.", sage ich leise, streiche ihm über die Haare und gehe wieder. Wundere mich noch, dass er überhaupt nichts sagt.

Am nächsten Morgen verkündet Ben stolz: „Und es gibt doch ein Gespenst!! Sieht aus wie die Mama, hat sogar die gleichen Hausschuhe und ein gaaaanz weißes Gesicht!!"

Exkursion zum Kosmetikspiegel. Oder: Fesselnder Lippenstift.

Ben und Eli (3) sind fleißig am Basteln. Da fliegen förmlich die Fetzen. Zum Glück nur Papier-Fetzen. Das ist nicht zu übersehen und ihr Eifer ist auch nicht zu überhören. Da Krissi bei einer Freundin ist, nutze ich die Zeit, um meinen Unterricht für morgen vorzubereiten. Nach einer Weile fällt mir einmal mehr verdächtige Ruhe auf. Wer uns kennt, bzw. liest, der ahnt, dass das meistens Alarmstufe Rot bedeutet!
Ich **weiß** es.

Ich lasse meine Arbeitsblätter auf der Stelle liegen und mache mich auf die Suche. Eben waren sie noch hier. Ich finde Ben und Eli dort, wo sie sich in sogenannten "Ruhesituationen" meistens aufhalten: im Badezimmer, vor meinem Kosmetikspiegel sitzend. Sie reiben sich ihre Wangen ein und auf den ersten Blick sieht es danach aus, als hielten sie farblose Lippenpflegestifte in den Händen.
„Macht ihr euch hübsch?", frage ich.
„Neihein!! Mama, wir sind doch schon schön!"
Strahlend zeigen sie mir ihre "Pflegeprodukte". Sie sind gelb und tragen eine schwarze Aufschrift mit drei Buchstaben: U-H-U!
„Mama, wir sind doch Zwillinge, wir kleben uns ganz feste zusammen!"

Männer, Frauen und Oma mit Schuss. Oder: Pack die Langlauf-Skier ein!

Heute ist einer der gemütlichen Sonntage, an denen wir ausnahmsweise keine Termine oder Vorhaben im Kalender finden, was einer Sensation gleicht. Zudem regnet es und keines der Kinder ruft, dass wir nun sofort und ganz dringend raus gehen müssen! Ein "Auf-dem-Sofa-rumlümmel-Sonntag" – herrlich!
Joe ist ein großer Wintersport-Fan und deswegen läuft bei uns heute Nachmittag ausnahmsweise der Fernseher – eine weitere Sensation heute! Zunächst verfolgen wir Herren-Biathlon, wenig später sind die Damen an der Reihe.
Krissi (5), Ben und Eli (3) sind fasziniert davon, dass es möglich ist, Ski zu laufen und zu schießen.

Als die Rennen vorbei sind, möchte Eli unbedingt die Oma anrufen:

„Omahaaa! Du musst unbedingt den Fernseher einschalten!! Schnähäll! Da bist du nämlich gleich!"

Oma versteht nicht ganz, um nicht zu sagen: gar nicht… und Eli erklärt aufgeregt: „Die Männer waren schon dran und die Frauen auch, nun sind die Omas dran mit Schuss! Hast du eigentlich Skier?"

Ich kann mich nicht wehren, aber mir fällt spontan ein Lied ein:
Pack die Langlauf-Skier ein,
nimm dein kleins Revölverlein,
und dann nischt wie auf die Piste.

Ja, da fährt sie wie der Wind,
ganz zur Freud der Enkelkind',
unsre Oma bei der Biathlon WM!

Strumpfhosen und Milchüberschwemmung. Oder: Mama ist die Letzte – immer und überall.

Krissi (5), Ben und Eli (3) sind Frühaufsteher.

Früh**st**aufsteher, um genau zu sein. Ausschlafen bedeutet bei uns, dass die Kinder aus Versehen mal bis 6.15Uhr verschlafen. Und das kommt selten vor.

Drei Kinder im Badezimmer, alle wollen gleichzeitig von ihrem Schlafgewand befreit werden, aber nicht wirklich viel selbst daran mitwirken.

So zieht sich das hin. Krissi ist noch nicht ganz wach (wieso bleibst du nicht einfach noch eine halbe Stunde im Bett??) und zieht sich ihre Schlafanzughose wieder an, nachdem sie sie eben endlich ausgezogen hatte.

Ben und Eli diskutieren währenddessen lautstark darüber, wem von den beiden denn nun welche Strumpfhose gehört – dabei spielt es keine Rolle, dass die beiden Exemplare exakt die gleichen sind.

Irgendwann sind alle angezogen. Am Frühstückstisch bekomme ich fast die Krise, weil Eli zum dritten Mal meint, seinen Speisewunsch umändern zu müssen:

„Ich möchte bitte Nutella!"

„Eben wolltest du noch Honig, Eli."

Missmutig nagt er an seinem Honigbrot herum. In der Zwischenzeit stützt sich Krissi mit dem Ellenbogen auf ihrem Marmeladebrot auf, natürlich haben wir heute das weiße Oberteil an. Ich schicke sie zum Umziehen…das wird dauern.

Ben erklärt mir, dass er erst in 10 Minuten Hunger haben wird, er habe doch eben erst zu Abend gegessen. So viel zum Zeitgefühl von Kindern.

Eli gießt seine Milch aus – nicht nur über den Tisch sondern auch über seinen Pulli und die Hose.

Ich rase die Treppen hoch, um ihm neue Kleidung zu holen. Als Ben Eli sieht, besteht er sofort darauf, auch umgezogen zu werden. Zwillinge durch und durch. Ich bin schon jetzt gespannt, wann die beiden verschiedene Klamotten akzeptieren werden.

Als endlich alle wieder angezogen sind, nutze ich diese Phase, um selbst ins Badezimmer zu gehen. Einen (!) Lidstrich und aufgetragenen Lidschatten später, werde ich gebraucht: Das Lenkrad des Feuerwehrautos muss mit Sekundenkleber an seine ursprüngliche Stelle platziert werden, sonst kann unmöglich weiter gespielt werden. Dabei komme ich durch die Küche und stelle erschrocken fest, dass ich die Brotdosen vorhin zwar bereit gestellt aber noch nicht mit Inhalt gefüllt habe. 3 Äpfel schneiden, Joghurts aus dem Kühlschrank nehmen – eines fällt runter…Putzzeug aus dem Schrank nehmen…wischen…Brotdosen in die Kindergartentaschen stecken.

Ben ruft: „Maaaaamaaaa!!! Ich brauhauche eihein Pflahaster!!" und streckt mir seinen Finger entgegen, an welchem ich beim besten Willen nichts verletzungswürdiges entdecken kann. Ich mache ihm ein Wundpflaster dran. FEHLER! Nun kommen auch Eli und Krissi und haben am jeweils gleichen Finger große Schmerzen. Drei Kinder mit Pflaster an den gleichen Stellen…Nun ja.

Mittlerweile ist es höchste Zeit, dass wir uns anziehen. Jeder war auf dem Klo. Noch ist es morgens draußen nicht allzu warm, also folgt das große Programm, bis auf Handschuhe. Stiefel, Schals, Mützen und Jacken hoch 3 sind eine Herausforderung!

Wir können los.

Ähm, wäre verdächtig normal. Natürlich muss Krissi nun doch noch auf die Toilette. „Ich musste aber eben noch nicht, erst jetzt!" Sie zieht sich wieder aus, aus irgendwelchen Gründen auch die Schuhe(?). Während wir so warten, müssen Ben und Eli auch nochmal. So langsam wird mir warm. Auf die Uhr schaue ich lieber nicht.

Dafür erhasche ich durch Zufall einen Blick in den Spiegel und mir fällt schlagartig auf und ein, dass ich mein Schminken nur halb fertig bekommen habe. Ich eile ins Badezimmer, um mit minimalem Aufwand maximales Herauszuholen, Schaden zu begrenzen. Oh Gott, meine Haare…Augen zu.

Zurück zu den Kindern, die mittlerweile alle wieder angezogen in der Diele stehen und mich anlächeln *schwärm*. Was gibt es schöneres, als das Lachen der Kinder?

Ich weiß da was. Die nächste Frage nämlich, sie kommt von Eli:

„Mama, warum bist du denn immer als Letzte fertig am Morgen?"

Pünktlich erreichen wir den Kindergarten und ich die Schule.

Ein ganz normaler Vormittag.

Juhuuu – Weltschlaftag!! Oder: Fataler Fehler…

16. März! Das ist MEIN Tag: Weltschlaftag!

Unglaublich, dass es so etwas gibt. Wenn ich aber genauer darüber nachdenke, wird das wohl daran liegen, dass das Thema Schlaf nicht für alle so selbstverständlich sein mag, wie es denn sein sollte.

Ganz besonders für Eltern von Kindern im Alter bis ?? Jahre . Ganz zu Beginn meines Mama-Daseins hatte ich die illusorische Vorstellung, dass alle Kinder doch tatsächlich spätestens ab einem Alter von 6 **Monaten** (!!) durchschlafen können.

Gaaaanz besonders für Eltern von Zwillingen im Alter bis ?? Jahre. Natürlich sind Zwillinge nachts grundsätzlich im Wechsel wach oder nur dann gleichzeitig, wenn nur ein Elternteil zu Hause ist.

Gaaaaaaaaaaaaaaaanz besonders für Eltern von Zwillingen + weiteren Kindern. Hey, da kann es nachts wirklich rund gehen! In der Zeit, in der ausnahmsweise beide Zwillis schlafen, hat dann Kind 3 Duhuuurst oder den Teddy aus dem Bett geschmissen.

ABER: Heute ist ja Weltschlaftag! Das hab ich meinen Kindern heute Morgen schon zum Frühstück aufs Brot geschmiert. So etwas kann man gar nicht oft genug

sagen.
Krissi (5), die mich vergangene Nacht übrigens 2 Mal besuchte, um mir mitzuteilen, dass ein Kind im Kindergarten beim Essen immerzu rülpse, klärt mich auf, was denn dieser Weltschlaftag für mich bedeutet:
„Mama, wir gehen jetzt in den Kindergarten. Du legst dich den ganzen Tag hin und schläfst. Schließlich haben wir heute nicht WeltschlafNACHT!"
Das sind ja wieder schöne Aussichten. Vielen Dank für den fatalen Fehler in der Namensgebung des heutigen Tages.

Wehleidige Internetadressen. Oder: Früh übt sich.

In heutiger Zeit ist es fast unmöglich, Medien wie PCs und Internet aus dem Weg zu gehen.

Wie auch,
wenn man einen Papa hat, der sich regelmäßig darüber ärgert, dass der liebe Computer nicht das macht, was man ihm aufgetragen hat – na, sagen wir mal so: Das Gerät kann eben noch keine Gedanken lesen, lieber Papa.

Wie auch,
wenn man eine Mama hat, die es kaum erwarten kann, die Ereignisse des Tages niederzuschreiben.

In Maßen und unter Aufsicht dürfen sich Krissi, Ben und Eli hin und wieder eine Internetseite für Kinder ansehen und auch damit experimentieren.

Krissi interessiert sich dabei v.a. für naturwissenschaftliche und technische Zusammenhänge. Ben und Eli wiederum staunen, wie sicher und souverän Krissi mit diesen Dingen umgeht und bewundern sie sichtlich dafür.

Sie gibt Internetadressen selbstständig ein. Kindersuchmaschinen füttert sie wie ein Profi mit zu suchenden Begriffen und Themen.

Heute dürfen die drei wieder für 15 Minuten ins Netz. Sie sitzen an meinem Laptop und als Ben lautstark „AUA! AUA! AUA!" ruft, eile ich sofort zu ihnen.
Puh. Er scheint keine Schmerzen zu haben.
Ben tippt hochmotiviert auf der Tastatur herum und ruft dabei: „auaauaauapunktkarolinminuszieglerpunktde

Aufregende Penne! Oder: Vorgeburtliche Schulpflicht.

Heute ist er endlich da, der Tag der Schulanmeldung, auf den Krissi (5) so lange wartete. Dabei ist für sie Schule ja nichts Neues, mit Lehrer-Eltern erleben unsere Kinder Schule bei uns in der Familie jeden Tag als großes Thema… Vorbereitungen, Nachbereitungen, Telefonate, Elternabende, Schulbücher, Arbeitsblätter, Medien, Materialien, Basteleien usw. sind an der Tagesordnung.

Außerdem besuchte Krissi die Schule ja schon über 9 Monate lang, ohne einen Fehltag. In meinem Bauch. Gibt es dafür eigentlich Schulzeitverkürzung?
Wie auch immer, sie war schon die letzten Tage freudig nervös ob des heutigen Donnerstages. So eine Anmeldung ist ja auch eine spannende Sache. Es gibt sogar Mütter, die nur für diesen Anlass (!!) einen Termin beim Frisör und der Kosmetikerin machen (über die Beweggründe lässt sich nur spekulieren…), was mir gar nicht bewusst war, als ich noch "nur" in der Rolle der Lehrerin und noch nicht als Mama in der Schule war…
Es gibt aber auch immer mehr Eltern, ~~denen dieser Termin sch…egal ist~~ die den Termin einfach verbummeln.
Während der Hinfahrt quasselt Krissi ununterbrochen und schildert mir ihre Erwartungen.
„Mama, weißt du was? Ich bin ja soooo aufregend!! Wegen der Schule!!"
Ich weiß schon, weshalb ich Lehrerin geworden bin: Schule macht aufregend!

Schaufel und Sommerzeit. Oder: Von glücklichen Hühnern

Ein Bilderbuchsonntag, der mit purem Sonnenschein seinem Namen alle Ehre macht.

Wäre da nicht akuter Schlafmangel: Zum einen ist Ben von einer beidseitigen Mittelohrentzündung und Bronchitis geplagt, zum anderen fand vergangene Nacht die Umstellung auf die Sommerzeit statt. Und unter vorherrschender Müdigkeit wird das eine oder andere noch schneller zum Streitobjekt als sonst vielleicht.

Krissi (5), Eli und Ben(3) sind im Sandkasten (Ben mit Ohrenklappenmütze), der so voll ist mit Sandelspielzeug, dass man kaum den Sand erkennen kann. Sie haben u.a. drei exakt gleiche Schaufeln bekommen, der Gerechtigkeit wegen. Heute ist es aber so, dass sich diese drei Schaufeln (wohl auf für Eltern sich nicht erschließende Weise) unterscheiden. Und jeder weiß ganz genau, dass die Schaufel, die er im Moment in der Hand hält, NIEMALS seine sein kann. Ben will die von Krissi,

Krissi auch und Eli braucht diese sowieso. Es wird laut. Lauter. LAUTER.

Zeit, einzugreifen.

„Wegen so etwas müsst ihr doch nicht streiten. Da lachen doch die Hühner!", versuche ich zu beschwichtigen.

Eli rennt augenblicklich völlig aufgeregt im Garten herum.
Eifrig suchend ruft er: „Wo sind die Hühner?"

Die Schaufel scheint nun allen völlig unwichtig zu sein dank meiner ~~klugen, pädagogischen~~ Wortwahl.

2 Minuten größer. Oder: Anleitung zum gewinnen

Man kann unterschiedlicher Ansicht sein, ob 2 Minuten nun lange sind oder nicht. Gegen Ende einer Schulstunde zu merken, dass diese noch 2 Minuten über hat, um zum Beispiel das kreative Chaos des Lernateliers Musik („Wir bauen Musikinstrumente!") auch nur grob aufzuräumen, zeigt, ~~dass ich die A…och-Karte gezogen hab und nun selber aufräumen muss, weil die Kiddies ausgerechnet heute meinen, pünktlich in den nächsten Unterricht zu müssen~~ dass 2 Minuten gar nichts sind.

Für Ben und Eli (3) haben 2 Minuten eine ganz andere Dimension als für mich heute Morgen in der Schule.

Wir spielen Memory, Ben scheint wieder einmal zu gewinnen – er ist in diesem Spiel fast unschlagbar. Eli: „Och mennohooo! Ich will auch entenlich mal gewinnen!!"
Ben: „Das klappt schon irgendwann. Wenn du erst mal so groß bist wie ich, gewinnst du auch!"

Ich darf ergänzen: Ben ist knappe(!) 2 Minuten älter als Eli und 1cm kleiner.

Kreatives Einschlafen. Oder: Gummibärchen für Jesus.

Täglich wiederkehrende Rituale vermitteln Sicherheit und geben dem Tag seinen für Kinder so wichtigen Rahmen. Wenn es manchmal auch nicht ganz einfach ist, so halten wir das doch seit der Geburt so.

Besonders wichtig sind hierbei die Einschlafrituale. Dem gemeinsamen Singen folgen die Abendgebete…wenngleich es Tage gibt, an denen Joe und ich dabei als Alleinunterhalter tätig sind – egal, wir halten durch! Meistens beten die Kinder aber mit, so wie heute.

„Jesus Kindlein, komm zu mir. Mach ein frommes?" Mit der Stimme nach oben gehend warte ich darauf, dass eines der Kinder den Text fortführen möge.
„Kind aus mir!" ergänzen Ben (3) und Krissi (5) im Chor.

Ich fahre fort:
„Mein Herz ist klein, darf niemand hinein, nur du mein kleines Jesu-?" *Stimme nach oben*

Eli: ‚Jesusmäßig viele Gummibärchen!"

Gartenmauer und Kleiderschrank. Oder: Das Ende naht.

So langsam wird es knapp. Es geht dem Ende zu. Dabei ist es noch viel zu früh. Ein Phänomen, das regelmäßig wieder kehrt und dass es dennoch jedes Mal schafft, mir vor Augen zu führen, ~~wieder einmal zu wenig geschafft zu haben~~ dass ich mir zu viel vorgenommen habe.

Die Halbzeit der Ferien ist überschritten. Die erste Hälfte hatten wir hier das Krankenlager eröffnet und kann somit fast komplett gestrichen werden.

In mir reifen schon die ersten Unterrichtstunden für kommende Woche. Mindestens einen halben Tag lang möchte ich noch in die Schule. Einen Vormittag werde ich noch brauchen, um meinen Kleiderschrank auszusortieren. Einen Tag lang wollte ich nutzen, um diesen mit neuen Dingen wieder zu füllen bzw. Nachschub zu besorgen (ich war eine gefühlte Ewigkeit nicht mehr Shoppen). Der Geburtstag meiner besten Freundin steht an, ein Fixtermin. Oma und Opa werden aus ihrem zweiwöchigen Urlaub zurück kommen – ein Treffen ist gesetzt, wir sind ja neugierig auf ihre Erzählungen (wenn einer eine Reise macht...). Die neue Gartenmauer wollte ich errichten. Bisher war das Wetter aber nicht entsprechend ~~so ein Mist~~…immerhin, das Fundament ist fertig! Das Arbeitszimmer in Ordnung zu bringen ~~verschiebe ich gerne~~ war ein weiteres großes Anliegen…

Und das sind nur meine Pläne! Auch Joe hat noch einiges vor, Krissi, Ben und Eli ebenso. Und wollten wir nicht noch einen Tag wegfahren?

So artet das Ferienende wie üblich in ~~selbstgemachten~~ Stress aus. Die Stunden fliegen dahin. Für die nächsten Ferien nehme ich mir einfach mal gar nichts vor (dieser Satz kommt mir irgendwie bekannt vor…).

Ich geh dann mal ~~aufräumen~~ in Ruhe mit Joe einen Kaffee trinken, noch haben wir schließlich Ferien

Papa kocht. Oder: Scherben sind gesund!

Ich war heute Vormittag unterwegs, es gab noch so manches zu erledigen. Aber nichts davon stand auf meiner To-do-Liste. Wahrscheinlich war es genau deshalb ein gelungener Vormittag. Ich war in Ruhe (alleine!) einkaufen (zwar keine Klamotten (vgl. die vorangehende Geschichte), aber ich konnte völlig ungestört die schönste Gurke und die leckersten Paprikaschoten aussuchen…das ist doch auch schon was!) und habe dann eine Freundin besucht. Joe übernahm ~~notgedrungen~~ freundlicherweise die Zubereitung des Mittagessens.

Krissi, Ben und Eli sind schon hungrig und können es kaum erwarten, bis das Essen fertig ist. Ich bin inzwischen auch wieder zu Hause, verhalte mich aber unauffällig, frei nach dem Motto: Viele Köche verderben den Brei.

Krissi fragt vorsichtig bei Joe nach: „Papa, wann können wir essen?" Keine Antwort, Joe ist vertieft in seine Töpfe. Er rührt und klappert mit Bestecken und Deckeln.

Ben: „Paaaapaaaa, ich verhungere gerade!"

Joe: „Du musst dich noch eine Weile gedulden. Ich muss ja noch Salat machen!"

Eli: „Da musst du einfach einen vollen Teller auf den Fliesenboden schmeißen!" Joe schaut Eli fragend an. Eli: „Mama sagt dann immer: Jetzt haben wir den Salat!"

Krissi und die Fußstapfen. Oder: Drängelnde Osterglocken.

Eltern sind immer Vorbilder für ihre Kinder. Hoffentlich nur gute. Zumindest versuche ich, ganz im Sinne der Gesundheitserziehung, das kleine Stückchen Schokolade zwischendurch ganz heimlich in den Mund zu schieben. Aber Kinder merken das sofort.

„Was hast du da im Muhund, Mama?" „Nischts ~~mehr~~." Schluck.

„Mach mal deinen Mund gaaanz weit auhauf!" „Aaaaa!"

„Ich könnte meinen, deine Zähne riechen nach Osterhase. Aber es sind noch alle Hasen da. Komisch. "
Schnell das Thema wechseln

Auch meine Arbeit für dieses Buch bekommen Krissi, Ben und Eli natürlich mit. Krissi liest mit großer Begeisterung die Artikel hier. In der letzten Zeit äußerte sie mehrfach den Wunsch, auch eine Geschichte für unsere Leser zu schreiben, wie die Mama. So viel zum Thema Vorbilder. So setzte sie sich gestern an meinen Laptop und vertiefte sich in die Arbeit. Et voilà: Krissi (5) hat ihre erste Geschichte vollendet. Ich kopiere sie, so wie sie ist, unkorrigiert, hier hin:

DI GROSE OSTER KLOKE

EINES TAGES WAR

OSTER KLOKE FIL

ZU FRÜ GEWAKSEN.

SI ZITERTE UND

ZITERTE WEIL ES

SO KALT WAR. DOCH

DAN SIND KINDER GEKOMEN

UND SAKTEN: WARUM BIST

DU SO FRÜ GEWAKSEN? DI

OSTER KLOKE SAGTE:

HALT SO.

OJE ES IST NOCH

WINTER.

WIRKLICH?

OH ICH KANN DOCH

NICHT WIDER UNTER

DI ERDE!

ACH DU ARME

OSTER KLOKE.

DARF ICH IN OIER HAUS?

ABER DAN LEBST DU NICHT MER

WEN WIR DICH PFLÜKEN

ENDE

Aufklärung. Oder: Geber-Mutter aus Plastik.

Joe und ich haben uns immer wieder Gedanken gemacht, ab welchem Alter Kinder aufgeklärt werden sollten. Krissis (5) Fragen und Wissbegier nach zu urteilen ist genau jetzt der richtige Zeitpunkt. Sie will alles bis ins kleinste Detail und auch wissenschaftlich fundiert erklärt haben. Zum Glück gibt es auf dem großen Markt der Bücher auch wunderbare Hilfsmittel, die auf kindgerechte und liebevolle Weise Eltern bei dieser Aufgabe unterstützen.

Da Krissi ihre Bücher ja selber liest, zieht sie sich mit dem Buch, das sich der Entstehung neuen Lebens widmet, auch mal alleine aufs Sofa zurück und wirft ~~manchmal zum denkbar ungünstigsten Moment, nämlich dann, wenn ich gerade telefoniere~~ bei Bedarf ihre Fragen und Statements in den Raum.

„Mama, du musst mir ja immer alles geben.", stellt sie neulich fest. „Das steht hier in diesem Buch!" Ich verstehe nicht ganz und Krissi beginnt zu erklären: „Das ist doch ganz logisch. Ich bin in der Gebermutter gewachsen. Das bist ja wohl du. Deshalb musst du mir alles geben."
Gebermutter. Ja klar. Deswegen. Ich habe es irgendwie schon immer geahnt.
„Krissi, das heißt Gebärmutter, das kommt von gebären nicht von geben". Aber je mehr ich darüber nachdenke,

desto mehr hat Krissi doch irgendwie Recht. Geben und gebären hängen ja doch irgendwie zusammen.

Auch Ben und Eli (3) sind bei unseren aufklärenden Gesprächen mit dabei und zeigen sich sehr interessiert. Eli fasst zusammen und irgendwie beschleicht mich der Gedanke, dass die eine oder andere Lektion noch einmal wiederholt werden muss : „Gell Mama, du bist aus Pappe entstanden?" „Wie kommst du denn darauf?" frage ich. „Weil es damals, als du geboren wurdest, noch kein Plastik gab, ganz einfach."
Ich tue es mir nun nicht an, nachzuforschen, seit wann es denn nun Plastik gibt.
Allerdings schätzte mich vergangene Woche eine Schülerin der 1. Klasse auf 85 Jahre.

Backofen-Streik und geflickte Ohren. Oder: Kalender sind überflüssig

Wenn alles zusammenkommt, sich gefühlte 147 Termine auf knappe drei Tage verteilen, die einzige im Haushalt vorhandene Springform gerade jetzt ihren Dienst versagt, noch dazu der Backofen tolle Geräusche von sich gibt (aber nach einer halben Stunde noch immer Zimmertemperatur hat), bei drei Kindern gleichzeitig und schlagartig die Schuhe zu klein werden und sofort Ersatz her muss, dann ist das ein – nein, DAS Zeichen dafür, dass mein Geburtstag ansteht. Kalender werden nicht mehr gebraucht.

Dazu kommt, dass wir gestern am späten Abend mit Ben(3) noch ins Krankenhaus fahren mussten, weil er unglücklich vom Stuhl stürzte und sich sein Aussenohr durchschnitt, da er das Regalbrett damit traf. Einige Stunden und ärztliche Stickereien mit Nadel und Faden später und offensichtlich ohne Gehirnerschütterung (obwohl sie in das Sammelsurium an Chaos gut gepasst hätte), ging es Ben zum Glück wieder relativ gut. Eli hingegen hatte die ganze Zeit über wohl am meisten gelitten: Er weinte, verkraftete nur schwer die Trennung von Ben und hatte solidarisch Ohrenschmerzen und musste von Krissi mit deren Arztkoffer notversorgt werden.

Falls morgen jemand Zwillingsjungs trifft, die jeweils ein mit Pflaster zugeklebtes Ohr haben, dann gratulieren Sie am besten der Mama zum Geburtstag.

Öde Waschlappen. Oder: Kunstwerke aus Zahnpasta.

Die Schokoladencreme hinter den Ohren zu finden, die Marmelade lippenstiftgleich um den Mund verteilt, Honig als Haarfestiger und Butter als Handcreme verwendet – mit anderen Worten: Frühstück bei Familie Z.. Bis hierhin sind alle zufrieden. Sobald Krissi, Ben und Eli von Joe und mir ins Badezimmer geschickt werden, ernten wir damit nicht wirklich Begeisterungsstürme.

„Es könnte sein, dass ich vielleicht doch nochmal Hunger haben werde, dann hätte ich mir ja umsonst das Gesicht gewaschen!", argumentiert Krissi.

„Ich hab sowieso den ganzen Tag Hunger!" meint Eli.

„Und ich hab keine Luhust!!" ist von Ben zu hören.

Unschlagbare Begründungen, um sich nicht waschen zu müssen. Zähneputzen hingegen stellt kein Problem dar. Es macht schließlich Spass, mit der Zahnpasta Muster ins Waschbecken zu zeichnen. Ich bin weniger erfreut über diese Kunstwerke, vor allem, wenn diese schon nach kürzester Zeit so richtig schön angetrocknet sind und weil die Zahnpasta sich in jede noch so kleine Ritze drücken lassen kann (was die Kinder wiederum toll zu finden scheinen).

„Vergesst nicht, euch das Gesicht zu waschen!”, rufe ich in Richtung Badezimmer, aus welchem ich wieder einmal ein verdächtiges Glucksen und Kichern vernehme.
„Nahaiiiin! Wir wollen nichts Lasches machen!”, spricht Ben für alle.
Ich bin mittlerweile auch im Badezimmer und Ben klärt mich auf:
„Wenn ich **L**asch**w**appen schon höre! Was so heißt, KANN gar keinen Spass machen.”

Heiße Socken am Zaun. Oder: Aufräumen ist cool!

Während der letzten Tage war das Wetter einfach traumhaft schön. Wir sind den ganzen Tag draußen und genießen dies total. Allerdings sieht unser Garten auch entsprechend aus. Sämtliche Sandkastenspielzeuge sind ~~überall im Rasen verteilt~~ im Einsatz, einzelne getragene Kindersocken hängen wegen plötzlichen Hitzeeinbruchs überflüssig am Gartenzaun, 7 Gießkannen ~~liegen herum~~ sind in Gebrauch, sämtliche fahrbaren Untersätze der Kinder müssen unbedingt ins Freie, das Kletterhaus wird zum Lebensmittelpunkt der Mutter-Vater-Kind-Puppen-Familie und wird gefüllt mit Puppenwagen, Spielgeschirr und anderen wichtigen Dingen.

Kurz: Am Abend muss Zeit eingeplant werden, ~~in welcher Mama und Papa das Chaos beseitigen~~ um all' das gemeinsam aufzuräumen. Das ist für die Kinder nicht unbedingt der beliebteste Teil des Tages.

Krissi (5), Ben und Eli (3) spielen im Kletterhaus als ich, in ihre Richtung gewandt, darauf hinweise, dass sie doch nun bitte ihre Sachen so langsam mal in Richtung Haus befördern mögen.

„Was hat die Mama gesagt? Ich habe es wohl nicht so ganz richtig verstanden!", sagt Krissi leicht scheinheilig anmutend zu ihren Brüdern.

Eli: „Mama, du hast eben sicherlich nichts gesagt, oder?"
Ich wiederhole meine Bitte daraufhin klar und deutlich und unmissverständlich.
Ben übersetzt unmittelbar :"Ganz klar: Mama sagte: Ihr bekommt sofortlich einen Kaugummi!"
So schnell hatten die drei schon lange nicht mehr , reagiert.
Also, sie haben reagiert…zumindest standen sie ganz plötzlich neben mir und schauten mich mit großen Augen an.

SMS aus dem Badezimmer. Oder: Feind hört mit!

Wir wechseln kein Wort mehr miteinander, verkehren nur noch schriftlich. Joc und ich. Das hcißt: Er spricht, ich ~~fuchtle hilflos in der Gegend herum~~ schreibe Zettel und SMS – vom Wohnzimmer ins Arbeitszimmer, vom Badezimmer in die Diele. Die SMS-Flatrate zahlt sich einmal mehr aus.

Als ich heute Morgen die Kinder zum Zähneputzen schicken wollte, vernahmen sie nur einen krächzenden Versuch meinerseits. Erkältet. Heiser. Stimme weg. Ein Hauch von Nichts. Beste Voraussetzungen für den Alltag mit drei Kindern im Alter von 3-5. Sie wollen vieles wissen, fragen ständig nach, Streitereien wollen ~~nicht von mir~~ geschlichtet werden, Grenzen werden eingefordert.

Heute Nachmittag kommt Eli auf die Idee, dass nun eine Süßigkeit genau das Richtige wäre. Er berät sich mit Ben und Krissi, da die drei ihre tägliche, kleine Ration bereits verzehrt hatten.

„Papa, können wir bitte…", beginnt Eli und wird sofort von Krissi unterbrochen. „So wird das nie was! Wir müssen Mama fragen, die kann heute gar nicht 'nein' sagen!"

„Aber 'ja' auch nicht, das ist das Problem!" berichtigt Eli.

Ben: „Drum fragen wir erst gar nicht und holen einfach etwas aus dem Osterkörbchen."

Krissi: „Kann man eigentlich mit einer Kehlkopfentzündung hören?"

Ich grinse daraufhin sehr freundlich.

Sie fährt fort: „War wohl nix…Feind hört mit."

Fettkiller Pantomime. Oder: Dolmetscherin für Mama

Tag 4 meiner Sprachlosigkeit. Kehlkopfentzündung. Auf ärztliches Anraten muss ich für mindestens weitere 6 (!) Tage ~~den Mund halten~~ meine Stimme schonen. Danach wird man weiter sehen, es könne sich hinziehen. Unmöglich für mich, in die Schule zu gehen, Unterricht zu halten. Keine Chance, Telefonanrufe entgegen zu nehmen. Als ich gestern aus Gewohnheit doch ans Telefon ging, wurde nach meinem gruselig anmutenden, gekrächzten „Hallo" am anderen Ende der Leitung aufgelegt.

Zu Hause schreibe ich Zettelchen, wenn nicht mal mehr Flüstern möglich ist (dieses Hauchen schlägt mächtig auf die Stimmbänder). Ich arbeite mit Händen und Füßen, setze meinen ganzen Körper ein, nur um den Kindern mitzuteilen, dass sie ihre Teller nach dem Essen abräumen mögen. Jedem, der abnehmen möchte, kann ich dies wärmstens empfehlen: Tagelanges, pantomimisches Agieren verbrennt unglaublich viele Kalorien.

Krissi liest Ben und Eli meine Zettelbotschaften vor und versucht sich hin und wieder als Dolmetscherin meiner sportlichen Einlagen. Als ich vorhin energisch versuchte „Nein" zu sagen, rannten die drei wie auf Kommando raus in den Garten. Ohne Schuhe. Dafür im Schlafanzug.

Ich werde wohl nach meiner Genesung so manche Aufforderungen usw. mit dem Handy aufnehmen, um sie dann bei Bedarf per Knopfdruck abzuspielen. So lange feile ich noch an meinen gestikularischen Aktionen.

Geheimnisvolle Nebenwirkungen. Oder: Lärmempfindliche Schilfpflanzen

Wir schreiben Tag 6. Noch immer keine stimmlichen Veränderungen erkennbar. Alle ~~genießen die Ruhe im Hause Z~~. haben unendliches Mitleid mit der weiterhin fuchtelnden Mama. Die Kinder gewöhnen sich so langsam daran und kommen meist schnell zu mir, wenn ich irgendwo im Haus energisch in die Hände klatsche oder auf den Boden stampfe. Pfeifen eignet sich nur, wenn ich die Kinder in unmittelbarer Nähe weiß, denn so laut fällt dieses Geräusch bei mir nicht wirklich aus. Das sind wohl Spuren meiner genossenen Erziehung, denn mein Vater konnte ~~Gequietsche~~ Pfeifen nicht gut leiden.

Sind die Kinder mit den Lauf- bzw. Fahrrädern draußen unterwegs, gestaltet es sich schwierig, sie mit Klatschen oder Stampfen zu erreichen. Irgendwie kann ich mich nicht zum Einsatz einer Trillerpfeife durchringen. Kuhbach ist so klein, dass ich dann nahezu alle Bewohner erreicht hätte. Dabei möchte ich doch nur, dass Krissi, Ben und Eli zum Essen kommen.

Auch Joe merkt man die momentane Situation an. Als ihn gestern unser Nachbar ansprach, als Joe dabei war, unsere neuen Schilfpflanzen zu gießen, antwortete er in einem sanften Flüsterton:
„Ja, ich denke, er wächst gut an."

Der Blick des Nachbarn ließ leichte Irritationen erkennen. Eli stand dabei und stellte fest:
„Gell, wenn man neben dem Schilf steht, muss man leise sprechen, sonst erschrickt er!”
Flüstern ist wohl tatsächlich ansteckend

Mama unter Strom. Oder: Sprechendes Geschirr!

8 Tage nichts gesprochen. Immer noch Kehlkopfentzündung. Die Kinder sind es mittlerweile fast schon gewohnt und erschrecken fast, wenn sie ein Krächzen, aus meiner Richtung kommend, vernehmen. Mit allen möglichen Mitteln bestreiten wir den Alltag. Joe übernimmt den Einkauf beim Bäcker. An der Art meines Klatschens erkennen die Kinder, wen ich damit erreichen will. Ich klappere verstärkt mit Geschirr und Besteck, um die Essenszeit anzusagen. Ich setze diverse Musikinstrumente ein: die Flöte verkündet den Beginn des gemeinsamen Aufräumens und erreicht die wichtigsten Zimmer des Hauses (seeehr wichtig!). Die Triangel sagt leise, dass nun Zeit für das gemeinsame, abendliche Spiel ist, das bei uns den Tag beschließt, bevor es ins Bett geht.

Beim Gute-Nacht-Lieder Singen am Abend muss Krissi mich vertreten. Sie singt ~~doppelt so laut als sonst~~ für mich mit und erklimmt dabei schwindelnde Tonhöhen. Joe begleitet das Ganze einen halben Ton tiefer, Ben trällert etwas Undefinierbares in die Notenpausen hinein und Eli hält tapfer durch und singt gegen dieses musikalische Chaos fehlerfrei an – jedoch ein völlig anderes Lied. Für mich ~~als Musikerin nicht ganz einfach auszuhalten~~ als Mama ist die Begeisterung der vier umwerfend schön!

Auch Ben scheint zu spüren, dass das sonst irgendwie anders klingt.
„Wie lange geht das denn noch mit deiner Stimme?"
"Das braucht Zeit", erklärt Joe für mich. Ben daraufhin mit leicht genervt klingendem Ton: „Mama, warum tust du denn nicht eeeendlich neue Batterien rein?"
Wieso bin ich nicht längst selbst darauf gekommen!?

Entzugserscheinungen! Oder: Fremde Stimme aus dem Kleiderschrank!

Tag 11. Heute Morgen bin ich aufgewacht und mich traf fast der Schlag vor Schreck! Ich hörte eine Stimme! Sie sagte: „Guten Morgen, Joe!" Sie kam mir irgendwie bekannt vor, ich konnte sie aber in diesem Moment niemandem zuordnen. Wo kommt diese Stimme her? Aus dem Kleiderschrank? Vom Flur? Von unterm Bett? Wer ist da?!

Ich habe ungelogen ein paar Augenblicke gebraucht, um zu kapieren, dass ich das war, der diese Laute von sich gab. Zwar noch lange nicht im Originalton, aber immerhin MIT Ton!

Dieser stimm~~ungs~~volle Zustand dauerte allerdings nur einige Minuten, um dann wieder in die Stille zu wechseln. Aber über den Tag verteilt wiederholte sich dies mehrfach und die Sprechphasen wurden immer länger.

Dann werde ich nun mal das Telefon holen und ~~ganz kurz~~ meine Schwester anrufen – inzwischen spüre ich schon erste Anzeichen des Telefonierentzugs!

Ab in die Mucki-Bude! Oder: Geizige Ohren.

Am Wochenende waren wir zu Besuch bei Oma und Opa.
Wir sitzen beim Abendessen und Oma bemerkt meine neuen Ohrringe. „Wo hast die denn her? Die sind aber schön!" Stolz antworte ich, dass ich diese in einer Drogerie für 2,99Euro gekauft habe. Zwei weitere Paar Ohrringe waren im Preis sogar noch mit drin. Ein Glück für mich, dass ich von diesem Billigzeugs niemals rote, pochende Ohrläppchen bekomme, sondern eher von richtig teurem und echtem Schmuck. Warum auch immer. Wahrscheinlich habe ich geizige Ohren.

„Verträgst du die denn? Ich vertrage gar keine Ohrringe mehr." fragt Oma."

Krissi hat wieder einmal die ultimative Lösung parat. Man merkt sofort, dass sie aus Erfahrung spricht. „Oma, du hast einfach zu wenig Kraft in den Ohren. Du musst die Ohrenmuskeln trainieren. Und bis dahin trägst du am besten die kleinsten Ohrringe, die du hast, die sind leicht, die kannst dann auch ohne Probleme tragen."

Fliegende Bären. Oder: Aufregendes Nachtleben

Heutzutage geht man ja nicht mehr schon um 20Uhr am Abend aus. Vor 22Uhr ist ja auf diversen Veranstaltungen überhaupt nichts los.

Da liegen wir hier absolut im Trend. So gegen 23 Uhr beginnt das aufregende Nachtleben im Hause Z. Allerdings sind Joe und ich da bereits im Bett. Schlafend. Ich im Schlafzimmer, Joe im Zimmer der Zwillinge, weil ~~das die einzige Möglichkeit ist, dass Ben und Eli durchschlafen~~ sich das so ergeben hat.

23.08Uhr:
Ich bekomme Besuch von Krissi, die behauptet, dass sie seit 3,5h auf den Schlaf wartet (als ich vorhin in ihr Zimmer schaute, schlief sie tief und fest).

23.45Uhr:
Sie geht wieder nach oben in ihr Zimmer.

23.55Uhr:
Eli hat Durst, ich höre Joe Wasser holen.

01.17Uhr:
Krissi beehrt mich erneut und lässt mich wissen, dass ihr Wackelzahn weh tue. Dass sie zur Zeit gar keinen solchen, nicht fest sitzenden Zahn hat, diskutiere ich mit

ihr zu dieser nächtlichen Stunde nicht aus, sondern schicke sie wieder in ihr Bett.

02.30Uhr:
Eli möchte noch einmal Wasser haben und bemerkt, dass er sein Pflaster am Knie verloren haben muss. Er braucht unbedingt jetzt sofort ein neues. Joe wandert in neuer Mission durchs Haus. Ich treffe ihn, weil ich den Geräuschen auf den Grund gehen wollte. Er berichtet:

02.10Uhr:
Bens Schlafbär trifft Joe am Ohr. Im Traum ruft er: „Raus mit dir! Such dir ein anderes Bett!"

02.25Uhr:
Ben sucht weinend nach dem kurz zuvor rausgeschmissenen Bären.

03.19Uhr:
„Hallo Krissi." ~~Schön, dass du da bist.~~ „Mama, nach den Pfingstferien brauchen wir das neue Flötenbuch." Mir ist gerade irgendwie nicht nach Musizieren.

04.01Uhr:
Ein Gewitter. Donnergrollen.

04.11Uhr:
Das Gewitter zieht vorbei, ich versuche einzuschlafen.

05.16Uhr:
Klappt nicht.

05.45Uhr:
Ich muss nun doch eingeschlafen sein.

05.55Uhr:
Dieses Mal weckt mich der Wecker.

06.23Uhr:
Krissi streichelt fürsorglich über mein Haar:
„Du siehst heute irgendwie müde aus."

Ich habe schließlich eine aufregende Nacht hinter mir

Gummibärchen und lange Nächte. Oder: Elternpause!

Ferien! Seit ein paar Tagen ist unterrichtsfrei. Wenn auch nicht arbeitsfrei.

Joe und ich bereiten die letzten Schulwochen nach, korrigieren Tests, erstellen noch fehlende Noten und planen die Klassenarbeiten, die unmittelbar nach den Ferien noch statt finden werden.
Die Steuererklärung nicht zu vergessen – auch sie gehört zum Pflichtprogramm unserer Pfingstferien.

Aber es gibt einen Lichtblick: Wir (Joe und ich) werden ein paar Tage wegfahren, um etwas Kraft für den Alltag zu tanken. Die Kinder machen so lange Urlaub bei Oma und Opa.

Der Jubel bei den Kindern ist groß, und Krissi (5), Ben und Eli (3) kommentieren freudig und begeistert den dort angekündigten Aufenthalt.

Ben wittert seine Chance: „Gaaanz lange aufbleiben!!" (Zum Glück kennen Ben und Eli die Uhr noch nicht…)

Krissi freut sich darauf, mit Oma und Opa einen Ausflug zu machen und ahnt eine extra Ration Gummibärchen.

Eli verkündet: „Eeendlich! Ruhe von den Eltern!" (Bis auf meine täglichen Anrufe und SMS…)

Anschließend wird er nachdenklich und ruhig.

„Mama, du musst nicht weinen, wenn wir bei Oma und Opa im Urlaub sind. Wir sind bald wieder für euch da! So lange müsst ihr halt selber für euch sorgen. Das schafft ihr schon.”

Na, wir werden es hoffen!

Danksagung

„Es ist ein anerkannter Brauch, wer Gutes bekommt, der bedankt sich auch."
Wilhelm Busch

Nicht nur, weil es Brauch ist, sondern weil es von Herzen kommt, möchte ich Dankeschön sagen.

- Meinen Kindern, Sophia, Niklas und Valentin, ohne die diese Geschichten gar nie statt gefunden hätten.
- Meinem Mann, Josef Ziegler, der mir in der heißen Phase des Schreibens den Rücken freihielt. Ich verspreche dir, es wird nun wieder häufiger selbstgemachten Kuchen geben.
- Meiner Mama, Elisabeth Härle, die uns, zusammen mit ihrem Lebensgefährten Udo Lössner, immer helfend zur Seite steht. Es ist ein unheimlich beruhigendes Gefühl, zu wissen, dass wir Tag und Nacht bei euch anrufen dürfen.
- Meinem Papa, Rudolf Härle, der leider viel zu früh diesen wundervollen Planeten verlassen musste. Ich verdanke dir vieles, ganz besonders jedoch die Fähigkeiten, niemals die Hoffnung aufzugeben und an meine Träume zu glauben.
- Meiner Schwester, Patricia Härle, mit der mich eine tolle Kindheit verbindet. Was haben wir nicht für unschlagbare Dinge ausgeheckt damals!
- Meinen Freunden, denen, die mich immer wieder dazu ermutigten, meine Geschichten aufzuschreiben, an mich glaubten und mir konstruktive Rückmeldungen gaben.
- *Karolin Ziegler, im Juni 2012*